U0007616

誰がお前なんかと結婚するか!
BY 千地イチ

誰想和你結婚啊！

Darega Omae Nankato Kekkon Suruka

Presented by
Ichi Senchi | Yoco | Daisy

Darega Omae Nankato
Kekkon Suruka

第1章

「跟我結婚吧。」

坐在隔壁桌的男人這麼說。

然而坐在男人正對面的女性愣了愣，面露生硬的表情，說不出話來。這也是理所當然的，因為她跟那個男人是第一次見面。

到剛剛為止我都一直拚命佯裝冷靜，但這次連我的笑容也僵住了。因為男人這句輕率的話，害我這桌的氣氛也跟著降到冰點，這是第四次了。也是我斜眼望去，看到表情僵硬的第四個女人。

真是的，他究竟以為這裡是什麼地方啊？

「好了，時間差不多嘍！麻煩各位男性移動到下一桌！」

站在會場前方的司儀，透過麥克風這麼宣告。

不管怎麼說，現在就求婚也太早了。畢竟這裡是相親派對的會場——

活動包場的這間餐酒館位於銀座的一隅，有著既現代又不失古典的室內裝潢風格，在與之契合的昏暗燈光之中播放著爵士樂，構成一個沉靜的成熟空間。

聚集在這裡的是二十位追尋邂逅的妙齡男女。表面上看起來氣氛和樂，會場內卻四處都是打量、品評對象的目光。

身為參加者之一的我——是個二十九歲，還沒結過婚的單身高中老師，不至於青澀到對身處這樣成熟的空間而感到畏縮。

我的體態修長，一百七十八公分高，一身整潔的打扮，還有著一副眼尾緩和垂下的雙眼皮、高挑的鼻梁以及端正的臉蛋。儘管不像模特兒或偶像那般出色，但我還是知道自己這樣的外貌在這個場合上，多少占有一些優勢。

我也懂得要穿適合自己的西裝，不會胡亂搭配一些名牌配件。天生麗質，卻不會太過高調的平凡打扮，大概會被品評為中等偏上到高等偏下的等級。要是能釣到這樣的男人，可能會感到有點自豪，卻也不會難為情，而且沒有什麼值得一提的缺點，因此家人朋友也難以挑剔。

我所扮演的，就是這樣優質又完美的「安全牌」。我已經調查過了，年紀與我相仿的女性來參加相親，大多都是想找這種「普通的男人」。

順帶一提，若是被問起自己的興趣，我會這樣回答：

「我沒什麼需要花錢的興趣，頂多就是看個電影，或是閱讀……然後，比較熱衷的喜好就是下廚了吧。」

只要透漏出「想為妳下廚」的意思，大部分的女性都會不得不將我列入「合格」的名單當中。會下廚的男生有多受歡迎，這個我也已經調查過了。

之所以會開始參加相親，是因為發生在兩個月前的「某一天」。

我本來沒有特別想要結婚，然而隨著單身的朋友逐年減少，「為人父」的友人成反比漸漸增加的情況下，就算沒有經歷過「那一天」，在這個即將步入三十歲的年紀，也確實該好好考慮這件事了。

我自認條件不差，雖然都沒有持續太久，但也有跟人交往過的經驗。會索性來參加相親，是因為職場上的邂逅著實有限，而且既然下定決心，就要做得徹底。我的個性就是這樣。

相親派對有各式各樣的形式，但大多都是參加者在入口完成報到後，就會被分配到各自的號碼。而我今天的號碼是「八號」。

女性會在各自的桌席就坐，男性們再依序坐到她們的桌邊，一個接一個地與對方交談幾分鐘。最後寫下自己覺得不錯的對象之號碼，並進行投票，唯有成功配對的男女才能交換連絡方式。

有不少女性都對我這個「安全牌」抱有好感。

我在這次參加的男性當中，只看外貌的話，大概排名二或三，雖然年收入金額不值得一提，不過論年紀跟職業都算無可非議，這樣的條件似乎能讓女性輕鬆寫下我的號碼。以中途發表的投票結果來說，我是最受歡迎的男性，但這是早有預料的結果，我不會為了這種程度的事情就得意忘形。不過這也是因為在今晚的派對上，很可惜的並沒有讓我感興趣的女性。

年紀差距超過五歲的一、二、八號率先排除在外。保守型的三號妝太濃，五號打扮得太暴露，六號雖然是在大型企業工作，散發出能吸引我的知性氣息，但全身上下都明顯穿戴著名牌，讓我感到退縮。

四號最受歡迎，她的職業是幼兒園老師，千金小姐般的外貌很惹人憐愛，可是我看到她的鞋子跟包包上都帶有髒汙。

七號不知道是不是覺得大家都沒有發現，她坐著的時候雙腿開開的。而九號在做出露骨的討好舉止前，應該先為自己斑駁的美甲感到難為情。十號則是希望她能好好打扮一下再來。

無論嘴上說得多好聽，第一次見面時終究會憑外表及行為舉止來判斷一個人。起碼在這個時候，都應該為了展現出自己最好的一面而抱持緊張感吧——

因為這些原因，我本來就對這場派對提不起興致了，而隔壁的「九號」更是助長了這分心情。

男性參加者的九號，是個格外引人注目的男人。

他的年紀大概不到二十五歲，是現今常見的纖瘦高挑體型，漂亮的臉蛋散發著不好親近的氣息，那容貌才是真的媲美偶像或模特兒，所以也算是天生麗質。

可是他身穿不合時宜的緊身破洞牛仔褲，搭配點綴著耀眼亮片的銀色球鞋。上半身穿著連帽衣配上超花俏的刺繡棒球外套，在會場內顯得格格不入。受損的金色長髮在店內艷麗的照明下閃閃發亮。根本是去澀谷的夜店玩之前跑來殺時間而已。

再加上，每當他移動到下一桌，就會隨口說出「跟我結婚吧」這種話。

有個像來潑冷水的男人在場，女性們應該也覺得今天這場派對糟糕透頂吧。

我覺得這樣的她們實在太可憐了，所以決定繼續扮演一個感覺還不錯的「安全牌」直到最後。

「——八號！」

走出會場時，今天也來參加派對的其中一位男性叫住了我。只見跟我一樣沒與任何一位女性配對成功的幾個人也聚在他身後。

「我們幾個落寞的輸家要開一場檢討會。八號，你要不要一起來？」

「……不，我要走了。」

雖然我這麼拒絕，但那個男人大概是個業務，他揚起親切的笑容，隨興地伸手摟住我的肩膀。

「別這麼說嘛，來交換一下情報啦。」

「……」

誰是落寞的輸家了，又要檢討什麼啊？根本只是想拿參加相親的失敗經驗配酒而已吧，真蠢。

但只要在同一個地區參加相親派對，會碰上熟面孔也不足為奇。這時要是被人認為是個難相處的男人，說不定會對往後的活動造成影響。

參加成員加上我總共有六個人，引人注目的「金髮男」也身在其中。我很不想跟他扯上關係，但只要盡量坐在離他遠一點的地方應該就沒問題了吧。我確認了一下手錶，現在的時間是晚上九點，陪他們聊個一小時應該就足夠了。

雖然我完全提不起勁，但還是勾起清爽的微笑，說著「那就聊一下吧」，答應了對方。

於是我們在附近的ＫＴＶ包廂內開起檢討會。

參加者幾乎都是三十歲上下、年紀相仿的人。點歌機臺接連播放出我們青春時期經常會在電視或廣播上聽到的日本流行音樂，麥克風也在彼此間不斷傳遞。我聽著他們不好也不壞的歌聲，輪到自己的時候便有禮地婉拒。

他們向我勸酒，要是說自己不能喝可能會給人不好的印象，所以我只在點第一杯飲料時點了啤酒。也許是店家提供的酒品質不太好，我從來不認為酒好喝，喝個兩口就受不了了。

他們聊到對於主辦相親派對的公司或是婚姻介紹所的正面及負面的看法，這都還算有內容，之後話題卻漸漸從邂逅過的女性轉為「上過」的女性。大概是因為我們連彼此的本名都不知道，大家都十分口無遮攔。

後來有一個人說到「有遇到一個感覺還滿有機會的女性，最後卻被醫生追走了」的事情，在一句「結果還是要看財力啊」的結論後，話題又慢慢變成抱怨工作及薪水了。

「八號，你是老師對吧。當公務員真不錯呢。」

唱完一首歌的業務男，坐到隨口敷衍這些話題的我的左邊。

我是在私立高中任教，所以嚴格來說並不算公務員，但解釋起來也很麻煩，於是我不打算糾正他。當我若無其事地回了一句「嗯，是啊，是高中老師」，他們就突然興奮起來。

「老師長得帥的話，不是應該很受女高中生歡迎嗎！好好喔，真羨慕。不是常常會聽說老師跟以前教過的學生在一起嗎！」

「……哈哈，不可能啦，我不會用那種眼光看待學生。」

「不不不，話是這麼說，但想必有很成熟的學生吧。」

這時再說出我任教的高中並非男女合校，而是女校的話，他們的情緒肯定會更高漲，我一想像到那幅情景就不開口了。沒必要特地提供他們下酒的話題。學生當中確實是有成熟的孩子，也有漂亮的女生，但要應付女高中生不如他們想像的輕鬆。不過要是連我都開始抱怨，肯定會錯過離開的時機，於是我用曖昧不清的回應跟陪笑蒙混了過去。

這時，有人說出「還是想把年輕女生啊」這句話，大家又越聊越起勁，讓我不禁打了個冷顫。你們還是先想辦法處理好那泛黃又扁塌的衣領，以及鬆垮垮的大肚腩再說吧。

醉鬼們聚集在廉價KTV包廂中的體味，加上微妙的歌聲以及下流的話題，其中還夾雜了香菸的煙團。

「唉……」

我輕嘆一口氣並看了手錶指針一眼，發現時間還不到晚上十點。本來想忍耐一個小時，但我已經受不了了。

先走吧——就在我準備站起身的時候，眼角餘光看見了那雙銀色球鞋，才發現那個金髮求婚男不知何時坐到我的右邊來了。

都是因為這個男人在派對上接連向人求婚，害我這桌的氣氛也冷到了極點，就在回去之前對他抱怨一下吧。我下定決心並抬起頭，沒想到跟他對上了視線。

那張還留有美少年氣息的端正臉蛋立刻不悅地皺起，丟出一句：「我無法接受。」

「啊……？」

太過突然的這句話讓我頓時語塞，他則毫不客氣地湊近我，緊盯著我的臉觀察。當我總算問出「無法接受什麼？」之後……

「你為什麼會這麼受歡迎啊？」

又丟出一句直接了當又相當失禮的疑問。

他似乎無法接受我在剛才那場派對上十分受歡迎。不等我做出反應，他繼續說道：

「這一個小時我一直在觀察你，但不論怎麼看都超普通的。既不喝酒，也不聊天，一點也不有趣，而且……」

他滔滔不絕地列舉到最後，還宣稱：

「我長得還比較好看。」

我忍不住「呵」地輕笑出聲，他也毫不掩飾惱火，噘起嘴說：「你笑什麼？」

年紀明顯比我小，態度卻這麼沒規矩。我並不是不生氣，但他只是個小鬼。我揚起面對學生時的笑容，用教誨般的溫柔語氣對他說：

「不，抱歉。我曾經在某本書上讀過，想結婚的女性們追求的大多都是安心感。像我這樣平凡又無害的人，今天大概只是剛好看起來比較出色吧，都是碰巧的啦。」

我不想惹事生非，所以沒有說出真心話，但這跟在夜店或酒吧找一夜情對象的狀況完全不一樣。就算臉蛋長得再漂亮，像他這麼年輕又打扮得這麼高調，再加上那種不屑一顧的傲慢態度，實在無法讓人感受到「可以結婚」的費洛蒙，得不到成果也是理所當然。

「平凡的人到底哪裡好了。」

他這麼說著，感覺還是無法接受，便用那種不滿的語氣問著「所以呢？」，並喝了一口 Mojito 雞尾酒。

「所以……什麼？」

「……所以說，你最後寫了幾號？」

這是一個意指今天在會場內的十位女性當中，誰是我最中意的類型，著實低俗的問題。既然人家都這麼問了，我總不能忽視他，但也沒必要老實回答。

「為什麼要問這種事情？」

「因為你明明最受歡迎，人卻出現在這裡。」

「……」

他一針見血的說法讓我不知道該怎麼回答。我嘆了口氣後，坦言說出「我沒有寫」。

直到最後，我還是對任何一位女性都不感興趣，而且這也不是我第一次在最終投票時交出一張白紙了。

給出這種潑冷水般的回答，我也有點愧疚，但不知為何，求婚男回了一句「我也是」，讓我驚訝不已。

「你也是？……呃，為什麼？」

「什麼為什麼？」

「不是啊，因為……你對那麼多人求婚……最後卻交出了白紙？」

聽到我這麼說，他搔著金髮低喃「你聽到了啊」，看起來卻是若無其事，完全沒有對此感到難為情或不好意思。

「我覺得任誰都好，所以反而沒辦法只挑出一個人。」

理所當然似的，他恬不知恥地這麼說。那語調就跟他對女性們說「我們結婚吧」一樣輕快。

「任誰……」

——任誰都好？

結婚是決定往後人生要一起走下去的對象，是非常重大的選擇吧？怎麼可能會覺得誰都可以？我忍不住追問下去。

「一般來說……都會有些要求吧？像是……某些條件。」

例如比起漂亮的人，比較喜歡可愛的女生，或是比起開朗活潑的個性，比較喜歡沉穩又知性的女性等等，我想說的就是這麼簡單。然而他好像還是不太能理解，靈巧地挑起一邊眉毛，說：「只要還算可愛，無論是誰都一樣。」

「…………！」

他毫不遲疑地丟出這句話，彷彿沒有討論的餘地。他回答得實在太過乾脆，甚至讓我開始懷疑自己的主張會不會才是錯的。

「……你該不會是……醉了吧？」

我為了保險起見這麼問道，他便簡短地說「我喝多少都不會醉啦」，並將轉眼間就喝完的酒杯放到桌上。從他的臉色跟舉止來看，確實幾乎跟沒喝酒一樣。

所以說，這個男人是怎樣？是笨蛋或天然呆那種類型的嗎？還是說現代的年輕男子都跟他一樣冷漠，只是我不知道而已？

他沒發現我混亂的思緒，反問一句：「那老師你呢？」

「咦？」

「你對結婚對象有什麼條件嗎？」

「就是……」

「就是？」

「…………唔……」

我含糊其辭，最後只給出「有很多層面啦」這樣模糊不明的回答。

我實在無法理解這個求婚男。這是理所當然的，竟然在第一次見面就說出「我們結婚吧」，對於認真參加相親的女性來說太失禮了。他還覺得結婚對象是誰都沒差，根本腦子有問題。

與此同時，就算如此輕率，他能對許多女性都抱持「想結婚」的念頭，讓我有一點羨慕也是不爭的事實。

我知道自己對女性的要求比較嚴苛，不過既然都決定要結婚了，在尋找對象時，我不想要有所妥協。

可是，教師並非能賺大錢的職業，我也認為自己在相親市場中的價值不高，所以為了彌補這點，我才會勤於調查，並貫徹前來相親的女性所追尋的男性形象。

然而做到這種地步，參加相親時受到許多女性的喜愛，我內心湧現的情緒卻並非喜悅，而是放心，今天也沒被她們看穿自己這小聰明又卑鄙的一面——

開始參加相親活動至今過了兩個月，我曾以為自己很快就能找到對象，因為我是這麼努力又優質的安全牌，女性們應該不會錯過我這樣的人。而我這個推測並沒有失準。

然而，我明明是想結婚才來參加相親的，真的面對女性時，卻會忍不住壞心地挑毛病。要用自己賺來的錢買什麼是她們的自由，生活忙碌時，也總會有無法顧及指甲的時候吧。

總覺得這種行為，就像在她們身上尋找自己「不用結婚的理由」。

而且，要是真的出現一位毫無破綻，讓我無從挑剔的女性，對方想必也會察覺到我無聊的小聰明以及卑鄙之處……

——難不成，我真的是……

忽然發現盤踞在我心頭的不安就快要浮現，我甩了甩頭，將這種感受趕出腦袋。

我再度看向那個求婚男，重新拉回話題。

「即使如此，突然向人求婚不是很奇怪嗎？」

我總算將自從今天第一次聽到他向人求婚的瞬間，就一直抱持的疑問說出口了。然而求婚男本人只是睜大雙眼，以傻愣的聲音反問「為什麼？」，頓時讓我倍感無力。

「呃，你啊……人家跟你可是第一次見面，突然收到求婚，怎麼可能會答應你啊。你做過這種事很多次嗎？」

被我這麼一問，他扳著手指細數，並說「今天是第四次」。從他的外貌還真看不出他原來那麼積極參加相親，但聽到四次這個數字，我問他「是今年嗎？」，他便回答「是這個月」，讓我嚇得臉色發白。

「你再這樣下去會被列入黑名單喔……」

「我曾在派對途中被趕出去過。難道那就是……？」

「～～就是那個意思！」

為了掩飾忍不住激昂起來的語氣，我輕咳了一聲，並為剛才對他抱持著些許欽佩之情的自己感到丟臉。

「你為什麼會用那種方式追求別人啊？」

儘管會令人印象深刻，但我完全不覺得這樣會有勝算。我這麼想著並問道，結果他沒有脫掉鞋子就很沒禮貌地踩上沙發抱膝坐著，並鬧脾氣似的噘起薄唇。

「因為……很麻煩啊。」

「麻煩……？什麼很麻煩？」

「談戀愛。我工作很忙，也沒那個時間。」

「……呃。」

我一瞬間差點放棄思考，但還是想辦法蒐集起他的隻字片語，並在腦內重組起來。

「你這是指……談戀愛這個過程嗎？像是尋求邂逅、約對方出去、想盡辦法討對方歡心，還有戀愛攻防之類的……那些事情嗎？」

「嗯，算是吧。」

「……等、等一下！」

他的意思好像是想跳過談戀愛這種拖拖拉拉又麻煩的過程，任誰都好，就是想結婚。

而他還感到費解地看著我按上開始發疼的太陽穴。這個人毫無自覺，他不知道自己說的話多麼沒常識。

「……你覺得如果對象是來參加相親的女性，就能省略談戀愛的過程嗎？」

「……不是嗎？」

沒救了。

這個人的觀念根本亂七八糟。

會來參加相親派對的女性們確實是以「結婚」為目的，但我從來沒聽說過可以省略戀愛過程這種規則。

「你真的什麼都不懂啊……」

太多管閒事了。我知道這是自己的壞習慣，但我還是無法忍住。我只覺得他是在瞧不起相親活動。

「聽好了，為了了解彼此是個怎樣的人，就必須經歷談戀愛這個階段……這樣講你可能覺得只是在說漂亮話，但簡單來說，就是要在這個階段讓對方知道自己的價值。」

「喔。」

「在這段期間所做的努力確實不一定會得到回報，但要跳過這個階段直接結婚是不可能的。如果不做出最大限度的努力，並確實按部就班地追求對方的話，你根本無法被你口中那些還算可愛的女性選中。不被人家選中，換句話說就是沒機會跟對方結婚。」

「……」

「而且結婚對女性來說是一項非常重大的決定，要付出的代價也很大。我認為在談戀愛的階段，男人就應該要展現出相對的誠意……」

當我滔滔不絕地講到這裡才看清他的表情。他的表情就跟女朋友被迫聽男生不斷說著自己特別熱衷的興趣一樣，完全提不起勁。

「不愧是老師……真會說教。」

「唔……我知道，抱歉，是我一時沒忍住。總之……」

我輕咳了一聲後，盡全力整理出淺顯易懂的重點。

「我想說的是，既然『喜歡』那個人，就該真摯地面對對方及兩人之間的戀愛關係才對。」

「……我不太懂。」

我想也是。雖然內心這麼想，但就算繼續說教下去，想必也只是對牛彈琴。

但他嘴上說著談戀愛很麻煩，卻還是想要結婚的想法令人費解。會不會是有什麼非得結婚不可的理由？不，還是算了，繼續跟他辯論下去，我也不覺得可以得到結論。

「欸，老師，你叫什麼名字？」

求婚男把手放在腿上，撐著臉頰對我問道。而且我明明沒有問，他卻說「我叫藤丸蓮」，報上自己的名號。

「……我是『八號』。」

反正今天過後就不會再見到他了，沒必要把名字告訴他。我這個回答似乎完全超乎他的意料，只見他愣愣地張著嘴巴。大概是因為成功讓令我驚訝連連的這個男人露出了這種表情，我的內心有些滿足。

我看了看手錶，自從進到店裡後剛好過了一小時，這次真的要回去了。當我這麼想並站起身——就在這個瞬間。

音響開始放出我十分熟悉的歌曲前奏，讓我嚇了一跳。爆炸般激烈的重金屬前奏讓在場的幾個人皺起眉頭。

點這首歌的人並不是我——我剛這麼心想，那個求婚男——藤丸蓮就說「輪到我了」，氣勢十足地站起身。

他跳上沙發，單腳踩在桌上，球鞋上的亮片像是鏡面球，在包廂內的燈光下反射出光芒。

他伸手抓過桌上的麥克風，甩亂閃閃發亮的一頭金髮，並掀起飛龍刺繡夾克的衣襬，一把脫掉，連帽衣底下穿著美國重金屬樂團的T恤。我也有那件衣服，那是三年前巡迴演唱會時的——

「『BALALAIKA』……！」

我忍不住說出樂團的團名。

結果藤丸轉頭看向我。

歌曲已經到了要開始唱的地方，大吸一口氣的他用拔高的聲音問：「你知道嗎？」

與此同時，音響傳出尖銳的蜂鳴聲，在場不禁皺眉的人變多了。

＊＊＊

「——我要結婚了。」

那是在兩個月前，天氣還帶著些許涼意的三月中旬的某一天。

假日中午，我被找來澀谷的一間咖啡廳，聽到他這麼說的時候，差點就要「啊？」地大喊出聲。

實際上，我只是單手拿著咖啡杯，臉上揚起清爽的笑容，說著「喔，這樣啊」，並鎮靜地表現出欽佩之情，但太陽穴附近說不定抽動個不停。我的心境就是如此不平靜。

向我報告結婚消息的男人——真崎北斗，是我高中至今的摯友。

與此同時，也是我「憧憬的男人」。

勻稱又高挑的體態，配上幾乎左右對稱過頭的俊俏臉蛋。明明兼具性感及優雅，一旦笑開來，又會露出少年般惹人憐愛的表情，是今天也吸引了咖啡廳裡眾多女性的視線，教人發出嘆息的美男子。

「至今都沒跟你說，真的很抱歉。」

「哎呀，你也太見外了。下次一定要介紹給我認識喔。」

他有些害臊地說，那位女性是公司的同期同事，兩人已經交往三年左右了。

北斗自學生時代就很受歡迎，幾乎沒有單身的時候。儘管我知道這天一定會來臨，但「結婚」兩個字超乎想像得沉重，深深刺進了我的心窩。

我一邊隨口回應他所說的話，一邊咬緊牙關，抑制住拿著杯子發顫的手，勉強撐了過來。

「——然後啊……」

對我的心情毫無所覺，北斗帶著像在害臊又有些不好意思的表情開口。

一股不祥的預感襲向我的全身，就算出了差錯，我唯獨不想在他面前表現出難堪的一面。無視從胃部傳來的陣陣刺痛感，我保持著笑容，拿著杯子就口，優雅地重新交疊雙腳，說著「幹嘛？」並擺出從容的態度。

「我們打算在東京都內舉辦婚禮，因為工作的關係，日程安排得滿倉促的……

就是……能拜託你代表朋友致辭嗎？」

「我有拒絕過你的請求嗎？」

我只有這個回答。

無論他拜託我什麼事情，我都這樣回答他。聞言，北斗輕瞇起那雙甜蜜到會滴出蜂蜜的大眼，說著「真不愧是我的摯友」，送上稱讚。

他給予我的讚美，總是會讓我感到激動。若要說回應他的期待、成為他的依靠是我的生存意義也絕不為過。

「恭喜你，北斗。」

可是就只有在這個時候，我的心情糟到讓我反胃。

那天我買了一堆平常根本不會喝的酒，自己在家裡一邊哭一邊喝到天亮。隔天當然就宿醉了，更愚蠢的是身體不舒服了一整個星期。

真崎北斗是個完美的男人。

從學生時代開始，他的學業和運動成績都很優秀，是個品行端正的優等生，在足球社也是王牌。他的外貌很受女生歡迎，但他個性爽朗又不會挖苦人，還兼具了連男生都會喜歡的幽默感，自然有許多人圍繞在他身邊。

儘管我在高一時就認識他了，但要守住北斗摯友的身分並不是一件簡單的事。

為了提高只有平均水準的學業成績，我不惜犧牲睡眠埋頭苦讀。既然要待在北斗身邊，我覺得自己也該是個優秀的學生。

我並不擅長運動，所以不可能跟他一起加入足球社，但至少不能在體育課時因為是個運動白痴而引人側目，為此，放學後我去找體育老師改善了自己的姿勢。

我也不算長得特別好看，可是為了展現出最好的一面，我掌握、學習到了適合自己的髮型及時尚穿搭，也很留意言行舉止。因為身為北斗的朋友，要是看起來髒兮兮的，恐怕會有損他的品味。

為了讓北斗無論何時來家裡玩都不會被他瞧不起，我平時就會整理房間，因此養成了打掃的習慣。他說「喜歡居家型的女生」，我就把下廚當成興趣。我認為自己大概不會輸給那些喜歡北斗的女生。

我知道像我這樣平凡的人不管再怎麼努力，也沒辦法站在完美無缺的北斗身邊。但只要我像這樣不斷精進自己，就任誰都不會對我待在北斗身邊有所怨言了。能在他的請託下，在婚禮這種重要的舞臺上做為朋友代表致辭，可說是我努力不懈所得到的成果。然而我一點都不開心，還十分厭惡無法真心為摯友獻上祝福的自己。

難不成，我真的……

真的喜歡北斗吧——

事到如今，玩笑話再難笑也該有個限度。

「——所以說，你是想忘掉那個男人，才決定也要找個對象結婚？」

放空的腦袋內突然聽到這個問題，茫然的思緒才開始稍微回神。

「……啊——那個……我剛才說了什麼？」

「說了你兩個月前失戀的事情。」

「——！」

我忍不住想站起身，頭卻撞上了天花板。當我抱頭喊著「好痛！」時，視野及思緒總算變得清晰。

環顧四周，我發現自己身在計程車的後座，右邊坐著金髮求婚男——藤丸蓮。透過後照鏡，我跟表情微妙的司機對上眼，尷尬的氣氛充斥於狹隘的車內。

「你沒事吧？」

「……唔～我不記得了……」

我壓著劇烈發疼的太陽穴時，剛好看到自己的手錶，時間剛過凌晨三點。難以置信的是，我大概有四小時的記憶完全是空白的。

這也難怪。

藤丸唱了「BALALAIKA」的歌，還是我最喜歡的專輯裡的歌曲後，我就不顧包廂內的其他人，跟藤丸兩人熱烈地暢聊音樂。明明不常喝酒，聊著聊著卻忍不住喝了許多。

「BALALAIKA」是唯一一個我從國中開始就喜歡到現在的美國重金屬樂團。不僅在一般人中不怎麼有名，就算是在重金屬音樂的圈子裡，也算是有點小眾的存在。

由於他們激烈的音樂性及前衛的舞臺表演與我的形象不太相符，因此我從來沒有對任何人說過自己是他們的粉絲。只要他們有舉辦大型的巡迴演唱會，或是來日本登上音樂祭演出，我都會盡可能去參加，但總是獨自一人。

那時我對藤丸提起自己去過的演唱會，他竟像回音一樣馬上答道「我也有去」，讓我忍不住順從這種舒坦的感覺。

「啊啊，頭好痛……現在要去哪裡？」

「我家。」

「為什麼……？」

「啊？是你說要來的耶！」

「……」

對了，他說他家有我沒買到的限量演唱會DVD，於是我拜託這個男人借給我看。那個DVD在拍賣網站上的價格高得莫名其妙，讓我完全買不下去。

第一次遇到跟自己一樣是「BALALAIKA」粉絲的人，雖然開心不已，但現在的重點不是這個。

「欸，喂……聽好了……藤丸蓮，我不是同性戀。」

我揪住藤丸的衣領朝他逼近，藤丸卻傻眼般地說了句「是喔」。

因為喝醉而說起北斗的事情是我大意了，應該是因為對方只是個偶然參加同一場派對，往後不會再見面的人，我才會大著膽子說了這些話吧。但我無法忍受他誤以為我是同性戀，這可是個天大的誤會。

「你可別誤會了，他是個完美的男人，是個就算要我把整個青春都奉獻給他，我都心甘情願的好男人……我就是如此憧憬……沒錯，我只是很憧憬他，你懂嗎？」

「所以你想要結婚的原因，只是想忘掉那個男人。剛才還那麼不客氣地對我說教，搞什麼啊。」

「不，不是……」

「算了。來，已經到了，下車吧。」

我被拖出計程車，並抱著藤丸才能勉強站起身。我抬起頭來看看這裡究竟是哪裡時，視野扭曲模糊。這種暈頭轉向的感覺讓我腳步踉蹌，整個人的重量也倚到藤丸身上。

「好重。只不過喝了那麼一點點……酒量不好就不要喝啊。你如果不是『BALALAIKA』的粉絲，我早就把你丟到一邊了。」

他拉住我搖搖晃晃的身體，傻眼地說。雖然覺得他這個人很自大，但他說的沒錯，我無話反駁。

但是，這也是無可厚非的吧。

「……呵。」

「怎樣啦，你在笑什麼，好噁心。」

「因為……」

我腳步不穩地撞上他的肩膀，我們的視線在極近的距離對上。

眼尾上揚的靈動大眼、白皙的肌膚、尖挺的鼻尖及嘴唇，都跟他的年輕又自大的個性很相襯。只要不開口講話，就美得像陶瓷玩偶。

如果他的打扮跟行為舉止正經一點，想必不缺結婚對象。可惜他是個一再跟第一次見面的女性求婚，讓人完全無法理解的年輕男子……

「不過，你竟然喜歡『BALALAIKA』。雖然既囂張又奇怪，但也是個好人呢。」

「…………」

晚風拂過發燙的臉頰，令人舒坦。他看著發出「呵呵呵」笑聲的我，稍微睜大雙眼，靈巧地挑起一邊的眉毛。

「你這樣笑起來，好像另一個人。」

「你在說什麼啊，我總是面帶笑容的啊。」

無論在北斗面前、工作時還是相親時，我一直都面帶笑容。

藤丸沉默地注視了我好一陣子，最後才嘆息地說了一句「你這個醉鬼」。

他一腳踢散那些應該是特意蒐集、滿出玄關的球鞋，快步走進公寓裡的某個房間後，我宛如行李般被他扔到以獨居來說偏大的床上。

我扭了扭身體，原本散亂在床上的衣物就掉到地上。我理智上想著得全部撿起來才行，但要動起醉過頭的身體去做這件事情太困難了。

「不，是原本就把衣服亂丟的你不對。」

「你在說什麼啊？」

「哈哈。」

心情真好。消失的那四個小時的記憶明明就模糊不清，那種愉悅感卻莫名持續到現在。

樂團的歌曲印象是從什麼時候開始改變的、變化了幾次，這首曲子又是在什麼樣的情況下做出來的，就算我隨心所欲地講個不停，他也會回以相同熱烈的反應。我還是第一次跟別人像這樣暢聊關於「BALALAIKA」的事情。

藤丸似乎沒有玩過樂團，可是他很懂音樂。我隱約想起他有解說過關於吉他的演奏技巧，對器材也有深入研究。

就連回想起片段的記憶都覺得很開心，我顫著肩膀，發出「呵呵呵」的笑聲。

「……我平常不會這樣的。」

不過一旦聊起「BALALAIKA」就另當別論了。

「那你今天為什麼會變成這樣？」

「因為我被你灌酒啊。」

「你是自己拿酒來喝，然後逕自醉成這樣的。」

坐在床邊的藤丸俯視著我說道，然後不知道嘆了第幾次氣。有夠自大的，但現在就連這樣的話聽起來都格外痛快。

我茫然仰望著高高的天花板，用於照明的聚光燈很有型，身下的床墊觸感也很舒適。

「……？」

我無意間舉起剛剛攤在床上的手，發現袖子上勾到了某個東西。那好像被埋在藤丸散亂於床上的那些花俏衣服底下，是一件款式很華麗的胸罩。真是的，我明明躺著，卻感受到一陣暈眩。

藤丸這傢伙，明明就有女朋友嘛，還是個會把內衣隨意丟在這種地方的大膽女人，但他還跑去大鬧相親派對。

「……唉，我真可悲。」

我把那件胸罩拿到一邊，這麼自怨自艾道。真是的，年紀比自己小的金髮男都跟女人玩成這樣了，我在做什麼啊？一把年紀了還醉成這副德性，還讓那個花花公子照顧自己。

「你的情緒還真是不穩定啊，在KTV時明明還會放聲大笑。」

「少騙人了，我才不會放聲大笑。」

我這個品行端正、廉潔正直，為人十分誠實的紳士，豈會放聲大笑。就連在職場上，我也是給人「非常溫柔，而且有點帥氣的老師」這樣的形象。

「那我保證你明天一定會整張臉都肌肉痠痛。」

藤丸爬到床上來，說著「這張照片就是證據」，一臉得意地將自己的手機拿到我面前。

我接過一看，這張照片不知道是什麼時候拍的，上頭映照著在KTV伸手攬著藤丸的肩膀，張大嘴巴笑著的我。雖然完全沒有記憶，但那確實是我本人。

「…………呵，哈哈！」

看著那未免太過愚蠢的醜態，我自己都不禁發笑。實在有夠可悲，又愚蠢透頂。

「我笑起來竟然是這個樣子啊？」

「……啊？這明明是你自己露出來的表情，你卻不知道嗎？」

「因為我活到現在，大概都沒有發生過這麼令人開心的事情吧？」

「…………」

這句話或許有點卑微，又帶了點自嘲的意味，但絕非謊言。

「呵呵……我竟然會笑到嘴巴張這麼大……」

平常本來就不會發生什麼開心的事情，每天都在同樣的時間起床，努力工作，為自己下廚，替明天的工作做好準備就上床睡覺，然後日復一日。在明明有女朋友還來參加相親派對的隨便男人眼中，想必十分可憐吧。

「……欸，但是、這個，你啊……」

「怎樣？」

「你也笑得像個傻子一樣啊。」

照片中在我身旁的藤丸也是半斤八兩。拿他跟陶瓷玩偶相比，或許有點稱讚過頭了。從笑成三角形的嘴角可以看見尖尖的虎牙，之前那冷漠又令人不爽的態度宛如假象一般，他的臉上帶著純粹的笑容。

我一指出這點，眼前的藤丸就皺起眉頭，惱火地吼道：

「……那是因為！至今都沒有那麼聊得來的粉絲同好啊……！」

「什麼啊，你就那麼開心嗎？」

「少囉嗦，才不是那樣。夠了，把手機還我！」

他為了搶回手機而把手伸過來，我便轉過身逃開。結果他一股勁湊過來的身體毫不客氣地朝我壓上。

「啊哈哈，坦率一點吧，你這個囂張的小鬼。」

我一邊笑著一邊說道，現在就連這樣的重量都讓我覺得很有趣。這時他抓住我的肩膀，硬是讓我仰躺在床上。他把臉湊得很近，不爽地噘著嘴。

「你先說。」

「啊？」

「你說我就說。」

明明覺得害臊，卻又不服輸。

他俯視著我，受損的金髮落在我的臉頰上，框起那雙大眼的纖細睫毛在輕顫。

我注視著顫動的睫毛，答道：「……我聊得很開心。」

「…………」

他支支吾吾了一下，經過漫長的猶豫後，才總算坦言「我也是」。那副模樣莫名有種年紀確實比我小的感覺，甚至惹人疼愛，於是我又不禁輕笑出聲。

「不要笑啦。」

「還不是你……」

「——……」

說完這些玩笑話，我們突然對上視線——彼此凝視了三秒。

接著，藤丸噘起的薄唇湊過來，碰上我的嘴唇。

「…………」

是一記親吻。

朦朧不清的腦袋花了好一段時間才反應過來。

我得推開他才行。我這麼想，正要舉起手時，腦袋卻突然昏沉沉地暈了一下，差點就要失去意識。

「等等，嗯、唔……！」

他趁這時抓住我的下巴，壓住我的肩膀，嘴唇換了個角度再次疊了上來。

儘管嘴唇的觸感跟女性相差無幾，但壓上來的身體重量以及難以抵抗的強勁力道，都無疑是個男人。我的皮膚上會泛起雞皮疙瘩，或許就是對此感到恐懼。

藤丸伸長了手，敲了一下放在床邊小桌上的遙控器，屋內的燈光頓時消去，只剩下佇立在角落的落地燈散發出柔和的昏暗光線。在這無法用玩笑帶過的氣氛中，我總算推開了他的下巴。

「你……太扯了……還真的是誰都可以耶。」

「只要還算可愛就行。」

「你明明就說過我很普通。」

「很普通，不過笑起來……還算可愛。」

不知道是不是也對自己的言行感到困惑，他的聲音聽起來有些生硬，還說出這種藉口。然而他的目光依然強而有力地凝視著我，片刻後，他以「你啊」做為開頭，說出了這句話：

「——跟我結婚吧。」

那個語調就跟幾小時前，從隔壁桌不知道傳來多少次的語氣完全一致。

「……不好意思，我跟你不一樣，並不是來者不拒。」

「但你已經被甩了。還是早點忘掉以前的男人，改和我在一起比較快。」

比較快？

我們確實都在相親，所以他的意思是只要還算可愛就任誰都好的藤丸，配上既是「同性戀」又「單身」的我，不是正好嗎？開什麼玩笑。

「興趣合拍，相處起來也很開心的話，就只剩下身體的契合度而已了吧。」

一邊這麼說著，他的手掌鑽進我的襯衫底下。被他直接撫上側腹，我不禁「哇！」地驚呼一聲，身體顫了一下。

「所以說？你有跟男人做過嗎？」

「——沒、沒有，你夠了，我不是同性戀……！」

他撫摸我肌膚的手法，讓我開始聯想他平常是怎麼跟女人做的。我想推開藤丸，伸手抵住他的肩膀，卻被他用體重壓了回來，讓我的焦躁感加劇。

在這段期間，藤丸拋出來的問題撼動了我沉浸在酒精跟睡意裡的思緒。

「那你有妄想過跟那個憧憬的男人接吻，或是做愛嗎？」

「什……！」

「……一次都沒有？」

不等我做出回答，藤丸就看進我的雙眼，如此開口。那對薄唇揚起自信滿滿的笑意，說著「看你這副表情，應該是有吧」。

沉默就是默認。這個道理我心知肚明，卻被藤丸逼到連思考一句反駁的餘力都沒了。

「凡事都要試過才知道。而且現在你喝醉了，把一切都推給酒精就好。」

「………！」

我必須無時無刻都保持完美才行，無論是做為北斗的摯友、一名教師，還是一個優質的安全牌，怎麼可以推託說「既然喝醉了也沒辦法」，讓這種事發生。這一瞬間的鬆懈是會造成一連串的墮落及崩壞的。

即使如此，動搖卻如餘波盪漾。我一直無法使勁抵抗，同時襯衫被整件褪去，他的手指也爬上我的肌膚。他撫過我平坦的胸部，搔著因為涼意而挺起的乳頭。

「欸、喂，不……你等等……」

我想扭身逃開，他卻抓住我的腰，不准我逃跑——我不要。我無法原諒在轉瞬之間，想到北斗的自己。

「唔……喂，你這個笨蛋……！」

他溼熱的舌頭探入肚臍，沿著胸骨下方爬上胸部。我拚命抓著藤丸的頭，想要拉開他。

然而，那雙大眼從凌亂的金髮縫隙間盯著我看，彷彿要看穿我軟弱的部分，透過我完美偽裝出來的「包裝」縫隙間窺視內部一樣，那銳利的目光令我不禁感到畏縮。

「嗯……！」

彷彿要強行壓制住試圖阻止的我，他的嘴唇再次疊上來。他輕柔地舔過嘴唇，趁我想換口氣而張開嘴時，把舌頭伸進來。被他輕搔著舌頭內側，下腹部頓時傳來一陣酥麻，本來就喝醉昏沉的腦袋像發高燒一般呆愣。

他的手指撫慰似的撫上我的臉頰，再從肩膀一路摸到手腕，與掌心貼合時，交扣住我的手指，將我的雙手壓在床單上。

「呼……？啊……！」

在雙手都被抓住的狀態下，他輕輕啃咬我的胸部，使我顫了一下並弓起身。我知道這甜蜜的刺激正在漸漸融化我的思緒，我反抗的意志被削弱幾分，全身肌肉慢慢放鬆下來。

「唔……」

我懊悔地咬著唇。之所以會忍不住過度反應，是因為腦海中浮現了北斗的身影。北斗的笑容、呼喚我的聲音還有結實的身體——問我有沒有想像過跟他上床的樣子？沒有，真的沒有。北斗是我的摯友，我的憧憬，而且我不是同性戀。

然而，他那像要看穿我的目光，讓我確實聽見了自己一直以來壓抑在內心深處，那不檢點的部分正呢喃著「順勢而為也好吧」。

「呼……！」

因為北斗已經要和我之外的人結婚了，往後再也無法得到北斗，跟北斗上床的夜晚也絕對不會來臨。事到如今，我還要執著於誰呢？

如果現在將我壓在床上的人是北斗，如果撫摸我身體的是那雙大手，如果落下來的吻是來自於他，如果北斗願意抱我——這樣的妄想在腦海中盤旋。

藤丸撐起身體，脫去身上的T恤。他的肌膚白皙、身材纖瘦，卻能在陰暗的燈光中看到結實的肌肉線條。他再次敲了一下床邊小桌上的遙控器，這回就連落地燈也被關掉，房內完全暗了下來。

被奪走視線之後，安靜的房內響起兩人皮帶解開的聲音。我剛想到現在還有辦法回頭，褲子就在下一刻連同內褲一起被脫下。藤丸的動作倉促得像不願給我時間思考，毫無遲疑。

我因為腦海中閃現的那些不該有的妄想，在被實際觸碰到之前就起了反應。還來不及為此感到羞恥，硬挺的地方就被他一把握住，喉嚨深處「咿」地發出害怕的聲音。

彼此同為男性，他知道要用什麼力道、撫摸哪裡能讓我舒服，手法熟練地套弄著我溼黏的性器，讓我按捺不住地發出聲音。

「啊、啊……！」

無論睜開眼還是閉上眼都是一片黑暗，要在眼前想像什麼是我的自由。這個事實對現在的我來說極具魅力。雖然發出聲音讓我感到羞恥，但這副模樣不是暴露在北斗面前也是事實。

「舒服嗎……？」

他在我耳邊含糊地低喃。那究竟是誰的聲音，完全混淆不清。

「不、不要，啊……！」

一邊刺激著前面，藤丸濕熱的舌頭舔溼了我的耳朵內側，然後沿著輪廓來到脖子，並在胸部上大大地畫圈，接著發出「啾」的聲音，吸吮起乳頭，讓我不禁發出聲音並弓起身。他的舌頭就這樣來回挑逗我的乳頭，我搖著頭，扭動腰部。

看我不死心地想要掙脫，他安撫般地落下親吻，輕撫我的頭髮。我可以感受到他在我肌膚上稍微呼出從容的嘆息。

「啊！呼，不……我快要……！」

前端沁出的體液發出「咕啾咕啾」的溼黏聲響，被挑起性欲的性器已經完全脹大。「要射了嗎？」聽他這麼問，我明明什麼都看不到，卻不斷點著頭。

「要……嗯……！不、行……！」

不行，會墮落。

我不是同性戀，但我對此沒什麼自信，我其實很想被觸碰。明明眼前的人不是北斗，浮現在黑暗中的卻是北斗的身影。我的腦袋發熱，視野扭曲晃動，什麼都無法思考——

「咿！嗯……！」

我緊緊攀上、依附著藤丸骨感的身體，大腿內側一陣痙攣，踢著床單的腳尖用力蜷縮起來。沒有多餘的挑逗，直接一路衝刺到解放，我在他手中射了精。

「啊！呼……！呼啊、唔嗯……」

我的呼吸還沒平復下來，嘴唇就再次被堵住，但我不再抵抗伸進嘴裡、交纏上自己舌尖的舌頭。他的手掌慰勞般地撫遍我的身體，我在這舒服的感受之中回應他不斷變換角度的吻。

當我因為腦袋缺氧而有些恍惚的時候，他抓住我的肩膀，讓我轉身趴在床上。

繞到前面來的手撫弄起才剛射精不久的性器，以及受到太強烈的刺激而變得敏感的胸部。突然被挑起第二波的興奮感，我下意識抓住床單想逃開，手卻只是在床上滑去。

「啊，等等……」

我不禁喊出聲，因為他的手指滑過雙腳間，經過性器旁邊，撫摸會陰。但我也不是未經世事的孩子，我知道在這個狀況下，不會有男人聽人說停就真的停下。

一陣在枕頭底下翻找什麼的聲音傳來，接著是打開容器蓋子的清脆聲響。沾著潤滑劑的冰涼手指輕撫過我後面的皺褶，然後滑了進來。

這時，他似乎察覺到我的體內「沒什麼抵抗」。他在我耳邊低語「騙子」，我的身體變得更燙了。

「好柔軟。」

「不、啊……！」

這本來是任何人都不會知道的事情。我是真的沒有跟男人發生過關係，但我曾自己用過後面，因為，我只是覺得說不定——我已經不知道自己是在對誰找藉口了。只是對於這件事被人發現而難以忍受的羞恥感，與混濁的思緒重疊在一起。

沒有顧及陷入混亂的我，他的手指發出「啾噗」的溼潤聲音，在我的體內進進出出，確認著發燙的內側帶來的觸感。想在體內肆虐的手指隨著他的步調增加，每增加一根，恐懼與期待就會漸漸填滿我的下腹。

成年不久後，我畏畏縮縮地網購回來的情趣玩具，尺寸就跟我怯懦的膽子一樣小。雖然不常使用，但我知道男人的——自己還很青澀的溼滑之處裡，確實有個「舒服的地方」。

「在哪裡？告訴我。」

他用焦躁的聲音問道，手指接著就碰到我體內柔軟又難耐的那個地方，我便悄聲回答了「那邊」，耳邊馬上響起一記親吻的聲音，代替道謝。

「嗯、唔……！」

他抬起我的下巴，好似我們彼此相愛般吸吮我的舌尖，交纏在一起。此時他的指腹集中摩擦、按壓我舒服的那個地方，因此我發出的嬌嗔都被那漫長的親吻吞了進去。他就在我們嘴唇相貼的狀況下，難掩興奮而有些破音地說著「真猛啊」。

「……欸，名字。」

「！」

「你叫什麼名字？」

突然間，他輕咬著我的耳朵問道。

昏昏沉沉又迷糊不清，感覺輕飄飄的腦袋想著——對了，我還沒告訴過他自己的名字。

「…………椿。」

椿征一。

我希望他叫我椿，就跟北斗一樣。

「——椿。」

「…………！」

就算喝得再怎麼醉，我也知道自己上當了。

被心儀已久的男人甩掉，失戀之後聽人說著「既然這麼傷心，就讓我來安慰你好了」的謊言，發生一夜情之後就說再見，是常有的事。

他是打從一開始就抱持著這個打算，才會邀請我進到家裡來的吧？

或者是，別看他這樣，他也許已經醉到對方是男是女都分不清楚了。一旦喝醉，容忍底線就會拉低，這亦是常有的事。

雖然不是用「要不要來看看我家的貓」這種廉價的邀請，但相對的，因為限量版ＤＶＤ就上當的我也是個笨蛋，他是不是真的有那片ＤＶＤ也很可疑。

——反正全都是謊言，全都是一場夢。

「椿……」

「啊……唔……！」

他的手指抽了出來，這個瞬間，他抬起我就要放下的腰部，將發燙的勃起性器抵上我的後方。帶著溼滑黏度的硬挺在後穴上不斷來回摩擦，讓我的腰為之顫抖。

然後，狹窄的入口被擴張開來，性器前端進到了我的體內。那種異樣感讓我「啊！」地大叫出聲，我將臉埋進伸手抓來的枕頭裡，忍住聲音。

「……啊…………！」

跟手指或情趣玩具不同，超乎想像的炙熱及大小頂弄著腹部，讓我忘了呼吸。前端以精準的角度剜過前列腺，直衝腦門的快感讓我全身上下冒出汗水，所剩無幾的思考也斷斷續續。

每當他扭動腰部，交合的地方就會發出「咕啾咕啾」的淫靡聲音，我隨著他搖晃著身體──自己在跟別人做愛，在跟一個男人上床，太令人難以置信了。我事到如今才像個笨蛋一樣，對自己引起的事態感到驚愕。

「咿！啊……！啊啊！嗯……！」

壓迫著肚子的炙熱推到深處，摩擦著內壁退出之後再次插入。那種異物感跟歡愉混雜在一起的感受，讓我在一片混亂中發出接近哀號的聲音，同時也察覺到內心湧現的些微罪惡感。

──罪惡感？這是之於誰的情感……？

區區的一夜情又怎麼了？趁自己喝醉了，順勢委身於一個只知道名字的男人的夜晚──這種時有耳聞的錯誤，在我的人生當中就算犯下一次也無所謂吧。

從稚嫩的十五歲開始，已經過了十四年。這十四年來，我毫無鬆懈地一直努力至今，就只為了成為那完美的男人，真崎北斗最要好的摯友。

「——欸，椿，叫我的名字。」

聽到他這麼要求，我吸了一口氣。

「北斗……！」

我緊抓著床單，忍不住說出這個名字。總覺得眼底深處湧上一股熱意，眼淚也一口氣奪眶而出。

我只是憧憬他而已，我不是同性戀。當我這麼說服自己的時候，北斗就被一個我不認識的女人搶走了。

我心知肚明，北斗是個直男，我們只是朋友。無論我未來再怎麼磨練自己，就算我待在他身邊的時間比誰都長，我們的關係都不會改變，我也絕對無法得到他。

但是……

是不是至少可以對他說出一句喜歡？

「～～唔！」

深深埋在體內的性器前端頂著我的深處。見我咬緊牙關，屏住呼吸，他的大拇指塞進我的嘴裡，冷空氣流入肺中。

「呼……！啊、啊！啊、咿……！」

這應該是我不習慣的行為，但這股熱度、交合的地方，只要他交疊上來，就能感受到有一股明確的熱意在腹部深處累積，漸漸膨脹。

——北斗。

我喜歡你，最喜歡你了，我愛你。不管在誰身邊，我的心中從來都只有你，這十四年來都是如此——

「……！」

我隱約聽見那個抱我的男人，發出低沉的呻吟。

他握住我的硬挺，粗暴地套弄。在和緩的律動間也不曾萎靡，沁出體液而溼黏腫脹的那裡發出水嘖聲，很是敏感，甚至令人感到疼痛的刺激讓我發出「咿啊！」的尖銳呻吟。

啪！啪！每當肌膚相撞、發出這樣的聲音，他擺動腰肢的動作就會從點燃我的欲望，慢慢變成追尋自我歡愉的舉動。他抓著我的腰，令我發疼，激烈地抽插，讓床墊的彈簧都大聲作響。

他的汗滴落在我的背上，如野獸般的粗喘也撲上我的後頸。像要回應他的興奮，我感覺到自己內側的黏膜也稍微夾緊吞食著他的陽具。

互相摩擦的部位十分炙熱，深處被拓寬到讓人難以置信的程度。他強而有力地頂進去之後，令人難耐的高潮即將襲來的預感讓我也不禁擺動起自己的腰。

「啊！不……我要射了，我要……！」

前面被套弄著，後穴被發燙又堅硬的性器激烈貫穿，讓我的腦子一片空白。為了得到解放，我只能挺出腰部，並弓起背部發出像貓一樣的鳴叫聲。

「啊……！啊啊……！」

「——椿。」

總算釋放的那一秒，沙啞的聲音在我耳邊響起，熱得讓我的腦子都要融化了。不同於北斗甜蜜柔和的通透嗓音，而是一道尚且年輕的男高音。

伴隨一股想吐的不適感，我清醒過來。

看了還戴在手上的手錶一眼，確認現在是將近中午的十一點。陽光從大片玻璃窗灑進屋內，照亮凌亂的房間。

耀眼的光線讓我皺起眉頭。我撐起上半身，向睡在身旁的金髮男問道「廁所在哪裡？」。他的臉依然埋在枕頭中，伸出手指回答「那邊」。

「嘔噁……！」

我一看到廁所，就像要把臉塞進馬桶裡一樣地吐了。

頭痛得像不斷被鐵鎚敲打，胸口到胃部還有宿醉時特有的異樣感。在充斥著香菸煙霧的KTV包廂裡開懷大笑的代價，就是不僅喉嚨又乾又癢，睡得亂七八糟的頭髮也都是菸味。

我順便在洗臉檯洗了臉，看見倒映在鏡中的自己，不禁感到洩氣。我的臉色蒼白到發青，因為哭過的關係，眼睛也很腫。除此之外，也不知道被人多用力地抓著，腰上還留下了手指的痕跡。

這麼說來，由於雙腳被迫張開到不習慣的角度，我的髖關節有點痛，胯部還留有被插入的感覺，讓我苦惱地抱住頭。

我帶著糟糕透頂的心情，拖著倦怠的身體回到起居室，卻見到睡醒的藤丸一絲不掛地在廚房喝著寶特瓶內的水。

「要嗎？」

他這麼問道，並將寶特瓶遞過來，但我不喜歡別人就口喝過的東西。

拒絕之後，我才想起我們豈止是間接接吻，都是上過床的關係了，但仔細想想，還是覺得那是兩碼子事。

此刻的我也是一絲不掛，於是我動作緩慢地去挖出埋沒在床上的內褲穿上。內褲皺成一團了，一想到要穿著這個回家，我就難為情到想再哭一場。

「……太丟臉了，連我自己都難以置信。」

頓失氣力的我倒在床上呢喃道。看見我這副模樣，藤丸打著呵欠說：「真沒禮貌。」

「聽好了，藤丸。忘了昨晚的事吧，我也會忘掉的。」

「辦不到。昨晚你還是個處女，我也是第一次跟男人做。」

「不要把我的處女跟你第一次跟男人上床相提並論，首先不要講什麼處女，太驚悚了。更何況，你真的是第一次跟男人做嗎？我看你還滿……」

「滿有技巧的？」

「滿毫不猶豫的。」

對他而言，昨晚似乎不是酒後亂性。藤丸冷哼一聲，態度強硬地挖苦道：

「你明明就覺得超爽的。」

「我殺了你喔。」

「嘴巴這麼壞，難以想像你為人師表。」

「吵死了！我只會這樣對你啦！混帳！」

我抓起手邊的枕頭猛力扔了過去，但它還沒碰到藤丸就掉到了地上。

我不斷發出呻吟，在床上滾來滾去。一想起昨晚的醜態，我就忍不住扭起身子，但是……

「反正也不會再見面了……」

我這麼告訴自己。

藤丸實在不像是真的想找到結婚對象，不過保險起見，這陣子我還是別在這一區參加相親好了。藤丸在廚房說了一句「你說什麼？」，我只回他「關你屁事」就轉過身背對他。

雖然既害怕又不甘心，但我承認跟藤丸做愛的確很舒服。我雖然喝醉了，他也拿失戀這件事來煽動我，但如果我真想抵抗還是有辦法的，因此那確實是兩廂情願而發生的關係。

而且，我的身體儘管還因為不習慣而有異樣感，卻沒有傷到任何地方，他的技巧非常好，昨晚的性行為也很安全。我舒服到不禁發出聲音也所言不假。

但是，還是把沉眠在我房間衣櫃深處的情趣玩具丟掉吧，就算是自慰，我也絕對不會再碰後面了。我不是同性戀，之前也只是因為年輕氣盛，對性的好奇稍微勝過理智罷了。

昨晚會委身於他，不過是從中衍生出來的行為而已。我會結婚，我會好好跟女性——

「椿。」

「～～唔！你的年紀比我小吧！給我加上『先生』兩個字！」

來到床邊的藤丸皺起鼻子，回了一句「少囉嗦」。

「醜話先說在前頭，我也覺得糟透了。」

「啊？」

「你太差勁了，竟然擅自把我當成其他男人。」

「……！」

我陷入沉默之後，他便扔出一句「你以為我沒聽見嗎？」。確實，我把藤丸當成北斗了。

「我的自尊心受損了。我還是第一次遇到這種事。」

「那是……呃……！是因為你說了那種會讓我想起他的話……！」

「北斗？那就是你喜歡的男人的名字嗎？」

「唔……！」

「……算了。所以說，你的回答呢？」

藤丸像是要逼迫我一般壓了上來，如此問道。我想了一下他指的是什麼事情，卻毫無頭緒，於是反問他：「什麼回答？」藤丸頓時惱火地大喊：

「當然是跟我結婚那件事啊！」

「什……」

「做愛的契合度也不錯，你對我還有什麼不滿？這次我就原諒你叫了其他男人的名字。」

聽他用這種莫名其妙的理論表達自己的主張，我倉皇失措。他依然是個難以理解到令人傻眼的男人。

「你還在說那種蠢話……」

——就在這時，他家的門鈴「叮咚——」地響了一聲。

只是這樣，我還以為是有快遞送上門，接著卻聽見「喀嚓！」——一道開啟門鎖的聲音從玄關傳來，這就另當別論了。

「！」

會用備用鑰匙進來這個家裡，就代表是那個把胸罩扔在這裡的女人回來了！

我連忙推開藤丸，找起自己的衣服。雖然穿上了內褲，但我找不到皮帶，於是把皺成一團的棉被翻找了一遍。

開什麼玩笑，光是被男人上的事實就讓我的精神大受打擊了，萬一再被他的女朋友撞見，演變成抓姦現場，那我就真的再也無法振作了，完全是人生中的汙點。

「你也快點穿上內褲！」

我小聲地對藤丸吼道。他這才慢吞吞地搔著亂糟糟的金髮，開始環視凌亂不堪的地板，找起內褲。

就在我們陷入一片混亂之時，玄關那頭傳來一道通透的聲音。

「喂～蓮，是有誰來了嗎？」

「——……」

聽到那道聲音的瞬間，我的思緒停擺。

踏著地板的聲音一步步靠近，我嚇得面色如土，冒出冷汗。

因為，我不可能聽錯那道聲音。

最後，說話的那個人穿過走廊，來到我們所在的起居室。

勻稱修長的身材、纖長的四肢及俊俏過頭的美貌，加上那雙甜到彷彿會滴出蜂蜜的大眼——

「北、北斗……」

是真崎北斗。

不知從何時開始，我宿醉時會看到幻覺了，北斗就站在我眼前。

他身穿我看不習慣的工作用服裝，頭髮整理得比平時更清爽，還有那身燙得平整的白襯衫也好耀眼。啊啊，今天也是完美的絕佳好男人——這樣的他看到我，驚訝地睜大雙眼。

「椿？你怎麼會在這裡？」

「北……北斗才是，為什麼會……」

「哪有為什麼，我是因為工作……」

「你、你說工作……難道是跟這傢伙一起工作？」

我雖然穿著內褲，但上半身依然赤裸著。

我連忙將自己的襯衫抓過來遮住身體，顫抖地指著站在旁邊，仍然全裸的藤丸。

「？嗯，對啊。你知道我在哪裡上班吧？」

北斗任職於大型婚顧公司「Fizz」。他到不久前都還是婚禮策畫，但我知道他最近有被調動部門。關於這件事，我沒有聽他說太多，也就是說……

「蓮擔任CEO兼設計師的婚紗品牌『Balalaika』是『Fizz』的子公司，然後我現在是跟蓮一起工作……」

「C……設……」

得到的資訊量太大，我的腦袋來不及消化。CEO兼設計師？他說這個金髮花花公子嗎？

在陷入混亂的我身旁，那個金髮花花公子的表情也僵住了。

「……真崎先生，你的名字是叫北斗嗎……？」

「……？對啊……？話說回來，蓮，你是怎樣？為什麼全裸……」

在露出狐疑表情的北斗面前，藤丸一臉喪氣地看向我。他噘起嘴，揚起眼尾道：

「糟透了。」

「～～唔！」

我才覺得！糟透了！好嗎！

我一時語塞，藤丸則說「我要去沖澡」，就踩著重重的步伐離開起居室。北斗見狀，連忙跟了上去。

「蓮，你知不知道截稿日快到了？設計圖呢？你應該有交出去吧！」

「少囉嗦！」

他煩躁的回答迴盪在只剩我一個人的房內。

我當場跌坐在地，茫然自失。

「什………」

到底發生什麼事了？

我完全無法理解。不，我也不想理解。

但可惜的是，我現在很清楚一件事。

那就是我昨晚犯下的「常見錯誤」，對我而言是人生中最大的錯誤。

第2章

「是真崎同學幫你做證了。」

在教職員辦公室裡，班導師對我這麼說。

那個時候的我，感覺到被打腫的臉頰正在發燙，全身都因為成長痛而痠痛不已。

隔壁班的真崎北斗是全年級最受歡迎的人，他的身材高挑到難以想像是同齡人，五官也很端正，考試成績總是名列前茅。我知道他一年級就成為了足球社的正式球員，在球類大賽中相當活躍。這樣的他身邊，總是熱鬧地圍著許多人。

他跟我是不同類型的人，我只有遠遠看過他。

這樣的他，竟然會幫助我這個應該連名字也不曉得，既樸素又不起眼的人，讓我打從心底感到驚訝。

我當時身高一百六十公分，體重四十四公斤。學業成績普通，運動能力則完全不行。在班上，我盡可能地不引起他人的注意，雖然會跟一樣低調度過校園生活的同學聊天，但並不親近。儘管沒有受到嚴重的霸凌，可是也沒有女生會跟我講話。

我沒加入社團，放學會直接回家，躺在床上戴起耳罩式耳機聆聽我最喜歡的「BALALAIKA」的音樂。雖然內心多少有過想買把吉他、組樂團的念頭，但思及我這種人竟然想做這種事就覺得很難為情，所以沒對任何人說過，也從來沒有實際嘗試過。

事情發生在高中一年級的初夏。

放學後，我在車站前的唱片行內發現其他學校的女高中生偷竊，便去勸她別這麼做。

如果對方是打扮得花枝招展的人，我是不確定自己會不會採取同樣的行動，但至少她看起來是個性沉穩的普通女生。即使如此，這一樣是主動向女生搭話，我還記得那時自己緊張得掌心沁滿了汗。

她雖然將ＣＤ放回了原本的商品架上，但俗話說人不可貌相。店門外有好幾個感覺很粗獷的伙伴在等她出來，於是我在那一天，頭一次被其他學校的學生纏上、恐嚇了。

只是這樣就算了，在遭到他們恐嚇的時候，那個女生的同伴推倒了停在一旁的一排腳踏車，那個女生因此受了傷，腳上縫了好幾針。

那個女生受了傷，事情當然就鬧大了。其他學校的學生們都口徑一致地把事情推給我，不起眼的我是第一次惹出這種麻煩，也是人生中第一次被叫進學生輔導室。

媽媽接到通知後，哭著準備了醫藥費跟賠罪用的禮盒，爸爸則是第一次打了我巴掌。我當然聲稱自己是清白的，然而因為沒有證據，所以無論對誰解釋都無法改變情況。

就這樣，正當我們要去找那個女學生道歉時，校方要我們「等一下」。

隔壁班的真崎北斗說，事情發生的時候他碰巧就在現場，目睹了整件事的始末。附近派出所的警察之所以會馬上趕來、救護車會立刻到場，也都是他安排的。

因為北斗平常就是個優等生，大家都信服於他的證詞，於是我的嫌疑馬上就洗清了。

那天，我為了等他，留在學校到北斗隸屬的足球社練習結束。我覺得自己應該向他好好道謝，但整天都有人圍繞在他身邊，別說是找他攀談了，我甚至找不到機會靠近他，所以只能在旁邊苦等。

當太陽開始西沉，足球社的學生成群結隊地笑著來到校門口時，他果然還是被圍繞在人群之中。我對此感到沮喪，但還是鼓勵自己提起勇氣。

如果無法成為一個能好好道謝的人，我今後大概會更加無法喜歡自己。這麼下定決心之後，我站到那群人的面前。要盡力大聲喊出「真崎同學」叫住他才行，於是我吸了一口氣，就在這時……

「椿！」

不知道是誰喊了我的名字。

下一秒，北斗就推開那群人跑過來。他順勢抓住我的雙肩，看著我腫起來的臉頰，語氣柔和地問我：「你來上學沒問題嗎？」

為什麼？為何？預料之外的狀況讓我陷入混亂，但我還是想盡辦法擠出在腦海中反覆練習過的話。

「那個，真崎同學，很謝謝你。就是……」

「沒關係啦，你碰到那種過分的事真是太倒楣了。難道你是為了向我道謝，才特地在這邊等我的？」

「咦？呃……」

「既然如此，我們一起回家吧，大家剛好說到等一下要去商店街買東西吃。椿，你也一起來吧。」

「啊……」

對話在轉眼間就結束了，我像被風擄走似的，被北斗拉著走。差點向前跌倒而踏出去的腳莫名地輕盈，好像不是自己的。

——心跳得好快。

北斗身上傳來汗水、土壤以及止汗劑的味道，隔著他的背影，我第一次知道夕陽是如此耀眼。被他抓住的手臂明明在發燙，我卻能感受到自己緊張過頭的身體因為他的體溫漸漸放鬆下來。

每一次眨眼，眼裡都有星點散落。

這一瞬間，我的靈魂理解了這就是人見人愛的真崎北斗。

十五歲，身高一百六十公分，體重四十四公斤——那時的我，還不懂得愛。

「——好，那下次就從這段開始上。」

鐘聲響起的同時，我闔上課本。

我正要離開頓時喧囂起來的教室時，好幾道喊著「椿老師～」的甜膩嗓音叫住了我。下課後，她們偶爾會像這樣跑來問我上課時沒聽懂的問題，然而她們的視線都沒有投注在課本或筆記本上，都盯著回答問題的我的臉。

「……有在聽嗎？」

「沒在聽～！」

「因為人家只是想更靠近地看老師的臉。」

要是對毫不愧疚的她們告誡一句「喂」，她們會突然開心起來，所以很讓人傷腦筋。

話雖如此，如果只是這樣捉弄我那還算好的。我熟練地揚起微笑，小心翼翼地應付纏上來的她們，隨後離開教室。

我從大學畢業之後就開始擔任高中老師，這裡是我任職的第二間私立女子高中。雖然總算當上了班導師，但班上四十位學生當然全是女生，由於不是特別高貴的貴族女校，大多數的學生都滿吵的，我帶的班級也不例外。

即使如此，至少她們在上課時很安靜，也沒有什麼大問題，因為我在學校裡也是堪稱完美的存在。

我雖然並非畢業於一流大學，但工作態度十分認真，授課的評價也不差，校方對我的信任也穩步累積起來。

儘管我之所以能持續受到學生及家長的歡迎，有一部分的原因只是因為我是年輕的男老師，比較討喜，但主要還是因為總是面帶笑容，個性溫厚的關係吧。在課程及教育方面自是不提，為了與任何人說話時都不會出糗，我連娛樂新聞也有密切關注，每一天都努力不懈才有這樣的成果。

然而，就連像這樣得來的完美的我，也不是每天都不會遇到任何問題，開心度日。

「椿老師，你娶我嘛。」

「大於小於五歲的我都不考慮。」

我帶的班級的學生之一——井上真凜懶散地趴在桌上，拉著尾音說著「咦～」。她的裙子明明就短到不能再短了，卻還在桌子底下「啪噠啪噠」地踩起腳來。

「井上，拜託妳了，稍微認真地跟我討論吧。」

「但是我真的沒有什麼想做的事嘛。所以說～畢業後我就當老師的新娘！好嗎！」

升上高二，就算再不願意也得考慮未來的出路。然而幾天前，學生們交上出路志願表，只有她的是一片空白。所以我才不得不在放學後像這樣空出時間找她面談，可是前前後後談了十五分鐘，她還是這副德性。

井上的身材纖瘦高挑，是個眉清目秀的美人，是整個年級中相當引人注目的「辣妹」。

話雖如此，她也不是不良少女那類的女生。儘管制服穿得亂七八糟，上學也會遲到，但她會乖乖聽課，成績也有中上水準。既機靈，運動能力也很發達。

她的個性開朗，很受大家喜愛，是會帶動班上氣氛的學生。每當遇到校慶之類的活動，她都會毫不畏懼地挺身而出，也有能帶領大家的領導能力，我做為班導也常受到她幫助。

然而，儘管擁有如此優秀的資質，她對任何事情的態度都是沒什麼興趣，難以捉摸，說起未來出路時也是這樣的感覺。

給她看過她的成績可以考上的大學清單，並提供建議也行不通。就算試圖傾聽她的興趣所在，都會被她以一句「這些都不是最想要的」駁回。到了最後，她就說要「嫁人」。

「老師，你為什麼會成為老師呢？」

「我的事情不重要。」

「而且還是女子高中的老師，難道不是為了把一個像我這樣的學生嗎～～？」

我之所以選擇這所高中，絕對不是出自想被女高中生團團圍繞的邪念，而是因為運動會上沒有需要老師參加的項目。萬一被人發現我的運動能力糟糕透頂，我至今建立起來的形象就全毀了。

而且會被這樣吹捧，只是因為她們身邊的異性只有父親跟兄弟，所以即使是像我這樣年紀大一輪的「大叔」，看起來也稍微好一點罷了。我至少懂得這樣的差別。

「欸，想嫁人也是一個很棒的夢想啊，不行嗎？」

看著垂下頭來的她的頭頂，我嘆了口氣。

我也不是要她現在就決定未來要從事什麼職業，要把結婚當成夢想也沒關係。

可是從她的成績來看，只要拿出一點幹勁就能考上好大學。再加上她外表亮麗又很會打扮，被其他學生團團圍繞時也總是不缺話題，實在不像對這世上的任何事物都沒興趣，我認為她的未來有許多道路可以選擇。

因為覺得念書準備大考跟努力很麻煩，還沒摸索出自己的可能性就隨口說要「嫁人」的態度，我無法認同。

這並非出自我曾讀過的教育論，或是學校指導手冊中的內容。而是回想起自己那段沒有任何擅長的事，只能日日夜夜埋頭努力的青春時代，並單純對於具備許多才華的她感到羨慕，覺得她這樣白白糟蹋才能的行為非常浪費，個人感到十分惋惜。

「欸，老師，不然改天我們一起出去玩吧。反正老師沒有擔任社團顧問，六日應該都很閒吧？玩完我就會認真思考的，好不好？」

「妳啊，何必做這種事呢？」

「我想向大家炫耀我跟椿老師感情很好啊。」

「在社群平臺上嗎？」

「對！」

「然後我就會被開除。」

井上誇張地說了聲「咕」，但不知道是不是很喜歡跟我說話，她的表情十分開心。這讓我再次體認到自己身為教師有多沒出息了。

「咦～已經結束了嗎？我還想再跟老師單獨聊一下耶。」

「下星期我還會再找時間跟妳面談，妳再好好考慮一下吧，不然我就要打電話連絡妳父母了喔。」

「啊哈哈，來做家庭訪問也沒關係喔。椿老師來我家的話，媽媽也會很開心的。」

結束面談並走出教室時，井上誇張地揮手說著「老師再見」，隨後立刻拿出手機，開始跟朋友講起電話。

明明才剛被老師叫來，卻完全不見她有自省的樣子。照這樣看來，下星期面談時應該也只會像這樣虛無地結束吧。雖然沒被她討厭就不錯了，但這種感覺被學生瞧不起的情況也讓我相當苦惱。

吐出今天不知道第幾次的嘆息，我看了手錶一眼，約好的時間快到了。一想到還有下一個問題正等著我去處理就疲憊無力，可是總不能繼續這樣下去。我快步回到教職員辦公室，處理完一些雜務後，一到下午六點就收拾好包包離開校舍。

「椿！」

走過染上一片暮黃的操場邊緣，一道爽朗的聲音呼喚著我。

校門前，不理會女學生們熱情的視線，揚起耀眼笑容的北斗對我揮著手。我吸了一大口氣，挺直背脊，讓臉部肌肉施力，揚起面對北斗時專用的笑容。

「抱歉，我弄得太晚了。」

「沒差啦……椿，你怎麼了？是不是累了？」

我坐進北斗就停在一旁的車子副駕駛座時，他這麼問，但我回了一句「怎麼會」。老實說井上的事情讓我很傷腦筋，而且一想到接下來他要帶我去的地方，感覺頭更痛了。

即使如此，看到北斗說著「辛苦了」，對我投以柔和的笑容，僅只如此就足以療癒我頹喪的心，我也真是個好哄的男人。

「終於來了啊。」

「我不是自願要來的。」

先走進屋內的北斗從走廊的盡頭探出頭來：「你們說了什麼嗎？」我揚起笑容回答：「沒什麼。」

「你應該沒講什麼不該說的話吧？」

北斗的身影消失的同時，我揪住這個家的主人——藤丸蓮的胸口，小聲地逼問他。

「只要你說漏嘴，就算是一點小事我都會殺了你。先殺了你我再自殺。」

「那就要取決於你的態度了。」

藤丸說完還哼了一聲。他掌握著我的弱點就擺出這麼從容的態度。

「怎麼了？你們在說悄悄話嗎？感情真好啊。」

「不，沒什麼啦，北斗。」

藤丸喃念一句「雙重人格」，我朝他的脛骨踹了一腳。

這裡是婚紗品牌「Balalaika」的CEO兼設計師的藤丸蓮的住家兼工作室。我時隔三天第二次來到這裡。

當然，我還以為再也不會踏入這裡，原本打算連同藤丸在內，將那一夜的事情從我的記憶中抹去。但北斗卻特地跑到學校來接我，直接把我帶來這個家。

不知道藤丸什麼時候從手機得到了我的連絡資訊，總之自從那天之後，他就打了好幾通電話過來，而我選擇不斷無視，接著就換北斗打電話來了。他說要去藤丸家討論工作，問我要不要同行。

『蓮要我帶你一起過去。』

我費盡一番功夫才忍下差點脫口而出的「什麼？」。

儘管氣他利用北斗找我過來……

『而且椿，你很擅長打掃吧？雖然很抱歉，但我想請你幫忙整理一下蓮的家。因為我稍微不注意，他馬上就會弄得一團亂……』

只要受到北斗請託，我的身體就只會回答「交給我吧」。

藤丸家完全就是男人獨居會有的模樣。家裡到處都是脫下來的衣服，用過的餐具跟空的超商便當盒放在桌上及水槽裡，堆積如山。看起來是有用過掃地機器人的跡象，但沒辦法清掃到的角落，髒到讓人想逼問他上一次用吸塵器打掃是什麼時候的事了。

我脫掉外套並捲起襯衫的袖子，用驚人的氣勢將垃圾收成一袋，洗完餐具，把髒衣服扔進洗衣機洗。為了不讓自己回想起那一晚的事情，我專注且細心地將床單鋪整好。然後用吸塵器吸過起居室後，環視變得整潔清爽的屋內，成就感讓我的心情相當爽快，讓我覺得愛打掃的自己也真是麻煩。

北斗環視了一圈轉眼間就整理好的起居室，稱讚我道：「太厲害了。」

「沒有啦，我只是把看得到的地方大致整理一下而已。要是連小地方都要打掃到，整整一天也掃不完。」

「這樣啊？拜託椿來處理真是太好了。要是只有我一個人，早就放棄了。」

「別因為打掃就稱讚成這樣啦。」

露出一顆顆潔白牙齒笑著說「哈哈，抱歉」的北斗才剛跟藤丸討論完事情。。

「藤丸呢？」

「我讓他在裡面的工作室裡工作，畢竟進度延遲了。」

自己的工作沒做完，還若無其事地讓同事和他朋友打掃家裡，真是有夠沒常識又替人添麻煩的男人。

這種需要人悉心照料，像孩子一般的男人竟然是CEO，真是讓人笑掉大牙，不過實際上這裡是坐落於麻布十番[1]的高樓公寓，還是位於十八樓的邊間。上次來的時候因為喝醉而搞不清楚狀況，但這裡可是個高級到令人眩目的住家。

當作生活空間使用的起居室相當寬敞，全是設計簡潔優雅的時尚家具，再加上一張大床，看起來就像電視劇裡的布景，是設有最新系統廚具的兩房兩廳格局，而裡面的兩個房間都是工作房。

大片落地窗外是一片六本木的高樓大廈光景，十分超乎現實，但光是眼前這片景色，就讓我勉強理解到這個家的房租是我住的公寓的好幾倍。

一問之下，才知道藤丸蓮這個人才二十三歲。年紀輕輕就能住在這種地方，又是大企業「Fizz」子公司的CEO，收入想必相當高。也難怪他會「無法接受」相親派對上最受歡迎的男人是像我這樣的男人。

「哎呀，但我嚇了一跳。沒想到我跟蓮才剛開始一起工作，蓮竟然就跟椿成為了朋友。」

對於我跟藤丸的關係沒有抱持任何懷疑的北斗，面帶爽朗的笑容說道。

「咦？喔喔，哈哈哈，真的『好巧』呢。」

1 麻布十番是位於日本六本木與東京塔之間的高級住宅區，地處東京都中心，房租高昂，在都內是名列前茅。

我覺得自己的笑容都僵了。

我跟藤丸是在前幾天的相親派對上相遇之後意氣相投，一起喝了酒，而我因為喝醉了借宿在藤丸家。

當時我會裸著上半身，是因為穿著衣服睡覺很難受，至於藤丸為什麼會全裸……呃，該怎麼說，你想，他是會在起居室把衣服脫光就去浴室洗澡的類型——我是這麼解釋的。

我知道這是個有點牽強的藉口，但也夾雜著真實情況，以當時臨時想出來的解釋來說算不錯了吧。雖然跟北斗坦言自己有參加相親活動有點難為情，不過我顧不了那麼多了。

而且北斗在聽完這個解釋之後，完全沒有懷疑，還開心地打從心底祝福我們兩個相親順利。

「蓮私底下很懶散吧？所以我之前就跟他說趕快跟一個穩重的人結婚比較好。」只要看到家裡這個狀況，就能知道他有多懶散了，而且這好像也影響到了北斗負責的工作。

北斗任職的公司「Fizz」不僅是提供國內外婚禮規畫服務的婚顧公司，也是經營飯店及餐廳的大型企業。

而一年前從「Fizz」獨立出來的子公司，就是僅僅二十三歲就當上CEO的設計師——藤丸蓮創立的婚紗品牌「Balalaika」。順帶一提，這個品牌名稱「Balalaika」用不著說，正是取自重金屬樂團的團名「BALALAIKA」。

但是藤丸就是這副德性，家裡髒亂，工作也不照著進度走，最重要的設計工作一拖再拖，據說新作發表派對及雜誌企畫等活動都因此跟著延宕。

於是「Fizz」決定派出一位負責人去監督藤丸，而北斗已經是第四任負責人了，他旁若無人的行事作風可見一斑。

北斗跟藤丸之間的關係我大概理解了，但那個藤丸竟然是一位婚紗設計師，還是讓我一時之間難以置信。

「北斗，起居室大致上整理好了。但裡面的房間是他工作的地方吧，要怎麼辦？」

「這個嘛，你可以去問問蓮嗎？」

雖然很擔心那裡會不會跟起居室一樣亂七八糟，但既然是工作室，說不定能看到他工作的樣子，我也有些好奇。

而且，我還有一件事要做。我抓起自己的包包，照著北斗所說的走向屋主所在的房間。我敲敲眼前的房門，卻沒有得到反應。房門下方的縫隙有光線透出來，因此這裡應該就是他工作的地方沒錯。

「喂，藤丸，起居室都打掃好嘍，剩下的房間也要打掃嗎？」

但他還是沒有回應。他該不會是把家裡丟給我打掃，自己卻在偷懶打瞌睡吧？我用力轉開門把。

「喂，藤……」

這個房間還算寬敞，但四面牆壁都是書櫃，上頭放滿了應該是參考資料的書籍跟雜誌。除此之外，塞滿布匹及蕾絲等布料的收納櫃取代了房間隔板，橫跨整個房間。而在分隔出來的狹窄空間內，硬是塞了一張被落地燈照亮的桌子。

藤丸就緊靠著那張桌子，戴著耳罩式耳機，像要配合這個狹窄的空間，在椅子上把身體蜷縮成小小一團，用蹲坐般的奇怪姿勢面對液晶繪圖板。

他穿著領口寬鬆的T恤，上面披了一件運動外套，並穿著破得細碎的牛仔褲打赤腳，用髮帶束起了一頭金色長髮。

「………」

我完全被他這副模樣震懾住了。

與他在起居室表現出的跩樣截然不同，好像突然來到了異次元空間。

藤丸的工作室宛如貧窮學生住的狹小房間，而且他沒察覺到有人闖入，專注於動筆的身影宛如截稿日快到的漫畫家，散發出緊張感。

他眨眼的間隔很長，有時會屏息是因為他正在謹慎地畫出線條。螢幕上纖瘦的假人模特兒穿著一件禮服，大幅膨起的裙子，大膽露出肩頭的設計，還有緩緩流洩

的皺褶配上纖細的蕾絲。

我無法判別這樣的設計是好是壞，然而看著世上的女性們都心生嚮往的一件禮服，在這小小的空間裡如花苞綻放般誕生出來的光景，我瞬間起了雞皮疙瘩。

真是太扯了。無法理解。

能隨口求婚，揚言不在乎結婚對象是誰，更輕蔑地認為談戀愛很麻煩的男人，現在是抱持著怎樣的心情、懷著怎樣的想法，畫下禮服線條的呢？

只要不開口說話，那張側臉就宛如陶瓷娃娃。在廉價的落地燈照射下，藤丸纖長的睫毛透光發亮。大概是體內的色素比較淡，他的眼睛意外是褐色的。

當我發現這件事的時候，那雙眼睛轉動一下，朝我看來。

「幹嘛？」

「！」

拿下耳機的藤丸維持著那奇妙的姿勢，抬頭看著我問道。我能聽見他的耳機中流洩出「BALALAIKA」的歌曲。

「啊……這裡、打掃……」

不用打掃嗎？我是來問這件事的。

可是這麼狹窄的房內幾乎沒有能落腳的地方。我不是很懂藝術，但我還是知道房間裡的所有資料都不是我能碰的東西，藤丸也說：「這裡不用。」

「那裡面那間房間呢？」

「——啊啊……」

藤丸頓了一陣子，像回想起什麼般說：「不，不用，尤其是那邊。」隨後更強調道：「絕對不要進去，也不准打開門。」

「怎麼，難道裡面藏了什麼不想被別人看到的東西嗎？」

「就是藏了不想被別人看到的東西。」

「……………」

他都說到這個地步了，我也沒道理硬要進去打掃。我回應一句「我知道了」，之後換了個話題。

「但你真的是個設計師嗎？」

「不像嗎？」

「不像。」

還偏偏是婚紗設計師，不適合也該有個限度。藤丸哼笑了一聲說「居然秒答」，接著低下視線，左手再次開始動筆工作並開口：

「所以，你還有什麼事嗎？」

聽他這麼問，我才回過神來。

我從拿過來的包包裡拿出一條皮帶，放在藤丸身旁堆積如山的婚禮雜誌上。

那是一條穿戴在我身上太過招搖、適合年輕人的名牌皮帶，是藤丸的東西。那天早上，我慌慌張張地穿上褲子後，不小心跟自己的拿錯了。

「喔——……那你的在……」

「我剛才找到並拿回來了。」

我甚至是為此才先打掃起居室的。

不過就是一條皮帶，就算沒有換回來，我也完全無所謂，只要今後不用再跟這個男人見面就好，但是……

「竟然利用北斗，你太卑鄙了。」

「誰教你都不理我。結果我一拜託真崎先生，你立刻就跑來了。」

藤丸碎念著「真的氣死人了」，粗魯地把筆放下，並轉動椅子重新面向我。他盤腿坐在椅子上，口氣強硬地說：「你趕快忘掉真崎先生。」

「然後快點跟我結婚吧。」

「……我說你啊，還在說那種莫名其妙的話嗎？再說我們都是男人，我也不是同性……」

——不對，我都察覺到自己喜歡北斗，還被這個男人抱過了，事到如今不能再拿這個當藉口。我吸進一大口氣，嘆氣似的改口：「誰要跟你這種傢伙結婚啊。」

「更何況，你是有女朋友吧？想結婚的話，跟那個人結婚不就得了？」

「……？我沒有女朋友。」

「還想裝傻啊。那這東西你打算做何解釋？」

我拿出打掃起居室時找到的胸罩，推到他面前，而且還有兩件。真希望他感謝我沒讓北斗發現，偷偷拿過來的這分體貼。

比較小的那件是清爽的藍色，設計很可愛，大罩杯的則是性感的黑色布料加上紅色刺繡。也就是說，至少有兩個女人曾在這個家裡脫下胸罩。

看到眼前的胸罩，就算是藤丸也不知如何回應。

「那個……只是朋友啦。」

「是炮友吧，而且不只一個。」

「我早就被她們甩了！她們都不想跟我結婚啊！」

我繼續追問後，他大聲地這麼坦言。

我早料到了這個回答。我不覺得這個揚言任誰都好的男人沒有跟炮友求過婚。

「那些女生是在哪裡認識的？」

「……夜店或酒吧。」

這麼回答的他，說得好像自己才是被玩弄感情的受害者。畢竟是藤丸，那些人肯定是沒什麼深思就邀來家裡的對象，真是傻眼到我都說不出話來了。

看在那些女性眼裡，說不定是覺得這個男人既帥氣又有錢，還很笨，正好適合當作「那種對象」，但這樣的男人同時很難跟「結婚」扯上關係。女性是很聰明的，她們相當明白不能跟這種男人結婚。

「……欸，你為什麼會想結婚啊？」

我倚在塞滿資料的書櫃上問道。

藤丸才二十三歲，要找結婚對象還太過年輕，而且他是身邊有好幾個炮友的男人，比起安定下來，應該會想多玩玩吧。

「既然覺得談戀愛很麻煩，那結婚對你來說應該也很麻煩吧。」

聽我這麼一問，藤丸尷尬地拋下一句：「我不想說。」

「你嘴上說想跟我結婚，卻馬上就對未來的伴侶有所隱瞞嗎？」

結果藤丸噘起嘴，露出那副時常出現的不爽表情。

「……說我不懂結婚的意義。」

「……什麼？」

「工作上有人對我這樣說過。我有好幾張設計圖都被打槍，對方說我得更深入理解結婚的意義，設計理念要與穿上禮服的人更貼近才能製成商品。可是就算跟我說這些，『穿上禮服的人』終究是陌生人，關我什麼事啊。總之這讓我覺得麻煩又討厭，也很礙事。」

「藤丸，你的意思是……」

「既然如此，我只要結婚，就不會被人指手畫腳了吧。」

「…………」

他想說的是只要結婚，就能證明他明白結婚的意義。從他的話語中一點一點地拼湊出他的意圖後，他的思想偏差讓我打了一個冷顫。

他在設計的不是其他服裝，正是婚紗禮服。他受到的指摘，換句話說就是在指責他沒有充分理解自己的工作，然而他不是選擇理解婚姻的概念，而是選擇找人結婚來解決問題。

就算交了女朋友，也不能證明他談了一場戀愛。即使結婚了，也不能證明他愛一個人。他缺乏了最重要的內在情感。

而他恐怕還沒有發現這件事，所以才能輕易說出跟誰結婚都沒關係，還有談戀愛很麻煩這種話。

我總算理解他為何會做出那番輕浮的言行了，但實在無法接受他的想法。

「那哪算結婚，你只是把結婚當成工作的道具而已啊……」

他認為只要結婚，就不會被別人找麻煩，在工作上可以隨自己的意了嗎？

但面對我的指責，藤丸態度囂張地說：

「我就知道正經八百的你聽了一定會這麼說，所以我才不想講。不過你自己也不是因為想談戀愛才參加相親的，你沒有資格說我。」

我之所以參加相親，是為了忘掉北斗——他的意思應該是指我的動機不純，但我才不想跟這種傢伙混為一談。

「我……至少是想認真喜歡上一個人的。」

「……」

我想喜歡上一個人，喜歡到足以忘掉北斗。

就算年紀差距很大、包包或鞋子上有髒汙、美甲脫落了也沒關係，完全不會做家事也無所謂，也不在意外表，只要那個人能奪走我的心——能奪走一直以來都獻給北斗的心。

「為什麼那個人就不能是我呢？」

「你……！你真的什麼都不懂耶！所謂的『喜歡』不是那樣的好嗎！」

「…………」

藤丸瞪視著我，挑了一下眉毛。

跟我結婚吧——他只是一味說著這句話，但沒有注意到最重要的那件事吧。我到現在都還沒聽他說過一句「喜歡」我。

這也是當然的，他是因為工作才會想結婚，而且對象任誰都好，就算對方是我也好。這樣的求婚不可能是出自真心的。

「就算條件再怎麼符合，如果沒有『喜歡』這種情感……如果這段關係中沒有真心，就沒有任何意義……！」

他既年輕又美麗，不但才華洋溢，更是富裕。明明是被這樣的男人求婚，我內心湧上的卻只有煩躁感。

對至今的他來說，或許這樣就足夠了。他能以那副容貌及輕佻的態度跟女人上床。

但是我──結婚就不一樣了。

「……！」

我沒把話說完，緊握的拳頭因為不耐煩而顫抖，怒火讓我的太陽穴開始發熱。

我知道這是沒有用的。就算對這個男人說這些話也毫無意義，只會讓如此激動的我像個笨蛋而已。

「～～總之，你只是覺得我可以上才向我求婚的吧。就算法律允許，誰要跟你……！」

我並不是單方面在責備藤丸。跟他上床是我的疏失。

但就算我是女人，我也不想跟這種男人結婚。我竟然和這種對戀愛這麼不誠實，也一點都不體貼的男人發生一夜情，還把他當成北斗，我對自己感到羞愧難當，都快掉淚了。

「可惡……！」

我連一秒都不想再看到這個男人。當我轉身要離開房間時，後頭傳來「喀咚！」椅背撞上書櫃的巨大聲響，同時我的手腕被一把抓住。

「……唔！」

他將我拉過去，並把我壓在書櫃上。我們的身高差不多，他的臉靠近到就快碰到我的鼻尖，那強硬的視線射穿了我。

「……你不想要我保密嗎？」

那道聲音意外低沉。

他的眼神像在對我說：「你有不可告人的祕密吧？有不想被暗戀許久的摯友知道的事情吧？」

「……你這是在威脅我嗎？」

如果我不希望他將那件事告訴北斗，就要配合他嗎？

開什麼玩笑。我運用丹田的力道說：

「你想說就說吧。我不認為自己花了十四年建立起來的信用，會只因為你就毀於一旦。」

「……」

「我是完美的。」

我是完美無缺的真崎北斗的完美摯友，除了我跟這個男人藤丸有過一夜情——

「…………」

就這樣，漫長的沉默降臨。藤丸注視著我的雙眼，就像在尋找什麼似的動搖。我迎面瞪視著那雙眼睛，在屏住的氣息之下，心臟怦怦作響。他抓著我的手很熱，而我害怕自己的顫抖會被他察覺到。

最後，藤丸費解地皺起眉間，他噘起的雙唇微微顫抖地說：

「你就那麼喜歡嗎？」

「……！」

我對北斗依然——

面對這個問題，這次換我陷入沉默。

我心知肚明。一直對暗戀對象戀戀不捨又沒出息的我，對別人倡言戀愛或婚姻的道理也毫無說服力。

然而藤丸凝視著這樣的我，那雙大眼變得更亮了，嘴角甚至揚起一抹強勢的笑容。

「我越來越覺得要結婚的話，對象非你不可了。」

「什……！」

我一時無法理解他說的意思，驚訝不已。話都說到這個分上了，這傢伙竟然還在講這種話！

「……既、既然你任誰都好，那不是我也沒差吧！」

「之前確實是任誰都好。」

「！」

「但我現在不覺得任誰都好了。」

「…………！」

在這麼近的距離下，聽他強硬地說出這樣的話，我曾猶豫過該不該相信他一秒，但又斥責自己，因為他可是那個輕浮的求婚男。然而，他如果是個機靈到能說出這種謊言的男人，早就順利在相親活動上找到對象了才對——想到這一點，我搖了搖頭。

「誰、誰要聽你胡扯啊！」

不能再繼續聽他講下去了。我甩開手臂，逃跑似的想離開房間時，他喊著「等一下」，叫住了我。

「你很煩！」

「不是，這個給你。」

「……什麼？」

藤丸從書櫃角落拿出一片DVD，將它遞給我。外包裝上印著眼熟的「BALALAIKA」標記。

「你之前說想看的限量版ＤＶＤ。」

「還……還真的有啊。」

「怎麼把我講得好像壞男人一樣。」

然而當他補上一句「只能借你」，我又收回要接過ＤＶＤ的手。因為那是壞男人「想再見面」的常見藉口。

「開什麼玩笑，我不會再來這裡了！我這個人從來不借沒辦法還的東西！」

我將遞到眼前的ＤＶＤ推回給藤丸，衝出房間。

這真的是最後一次了。就算是北斗的請託，我也絕對不會再來這個家了。住在麻布十番的婚紗設計師兼ＣＥＯ，跟我所處的世界相差太多了。而且我都這樣堅決拒絕了，他還說想跟我結婚。

不覺得任誰都好了？非我不可？

「～～唔！」

藤丸的玩笑話，像我這種平凡又認真的死腦筋男人實在應付不來。

已經夠了，我也充分反省過了。對於不習慣的事情感興趣、接觸後會嘗到苦頭，這就是年紀比我小的金髮男給我的教訓。

我利用打掃浴室及廁所發洩這無從宣洩的情緒後，借用廚房做了一頓晚餐。

我想整理一下那過於龐大的冰箱，打開來一看，只見裡面胡亂塞著快到保存期限的食材，大概是好幾個女人毫無計畫地帶來的。看到這個情景，我的節儉個性就出現了。

我立刻洗米煮飯，並多做了一些蔬菜味噌湯、薑燒豬肉跟馬鈴薯沙拉。吃不完就用保鮮膜包起來，叫藤丸明天吃掉就好了。

畢竟北斗也要留下來吃晚餐，我想做一些更費工的菜餚，但那只不過是廚師的自負心。不可能會有男人不喜歡吃重口味的薑燒豬肉，因此當我們三人坐上餐桌，大盤子上的配菜很快就變少了。

「這麼說來，你們兩個相親還順利嗎？」

吃飯的時候，北斗無意間這麼問，害我差點把放進嘴裡的東西噴出來。

「真崎先生，你之前說過我比較適合娶沉穩大姊姊型的老婆吧？」

面對北斗的提問，咀嚼著食物的藤丸這麼說道，語氣還莫名認真。

「嗯？喔，對啊。」

「我要跟椿結婚。」

「！你、你這……！」

「？喔、喔喔～你的意思是你喜歡像椿這樣的女生嗎？他的年紀確實比你大，擅長做家事也很會照顧人，煮飯又好吃，還很可靠，很完美呢。」

「不，我是說我要跟椿……」

「──原來如此，這樣啊。希望你能找到這樣的對象，藤丸，對吧！」

我連忙插話。我差點就要抓起藤丸的衣領，警告他不要多嘴了，但北斗意外天然呆又遲鈍的個性救了我。我對藤丸拋去「你給我記住！」的眼神，他便冷哼一聲。他根本就是故意要報復我對他說教。

我重新勾起笑容說「我呢？」，立刻轉移話題。豈能讓他繼續多嘴下去。

「北斗，你覺得怎樣的女生比較適合我？」

「椿？椿啊……嗯，還真難想耶。畢竟你獨自一人也能把一切打理得很完美，像是洗衣打掃，就連做飯也是……」

北斗折著手指細數，藤丸從旁插嘴道：

「我覺得才華洋溢又比你年輕的對象比較好。」

「年輕人的話，光是學生我都快應付不來了，我喜歡穩重的成熟女性。」

我笑著回應，囂張的年輕男人便咂舌一聲。我才想咂舌啦。

來回看了看我們，北斗這時像想到了什麼好點子，說了一句「對了」。

「你們難得成為朋友了，乾脆一起去參加相親如何？」

「啊……？」

不只是我，藤丸也因為北斗突如其來的提議而停下筷子。

只聽他這麼說，我無法理解——不，是因為不想理解，我便反問「什麼意思？」。北斗就揚起大大的笑容，一臉得意地繼續說：

「我是認真希望蓮可以盡快娶到老婆。」

藤丸的私生活懶散，最好有一個可以照料他的人在身邊。而且雖然他還很年輕，但他身為「Fizz」子公司的CEO，總不能讓他一直花心下去。

這點我可以理解，不，可是，即使如此……

「椿只要去參加活動時，帶蓮一起去就行了。椿是個完美的紳士，蓮，你應該要參考椿的言行舉止，學習成為一個更成熟的男人。」

可以的話，我真想摀住耳朵並發出怪叫，直接逃離現場。

然而，我的膽子沒有大到有辦法在那雙迷人大眼看向我的片刻之間，做出這麼不顧一切的舉動。

「可以吧，椿？直到你們兩個有人找到不錯的對象就好，這樣我也安心……」

「哈哈，你在說什麼啊，我有拒絕過你的請求嗎？」

——啊啊，真是夠了，我這個笨蛋！

糟透了！這就是天譴！

老天不願意放過至今認真過活的我在那一晚犯下的過錯！

要我跟他一起參加相親？跟這個一頭金髮又不誠實，還很笨的求婚男？開什麼玩笑。然而在北斗面前，這種真心話當然絕對不能說出口。要是拒絕，誰知道藤丸接下來會說出什麼話。

坐在旁邊的藤丸傻眼地看著這樣的我，並碎念了一句「也太好哄了」，我便在桌子底下踹了他一腳，但我的心情沒有因此豁然開朗。

一起參加相親——也可以只口頭答應就算了。

但這是北斗的請求，對我來說就是該完美做到的重大任務。如果因為藤丸沒有戀人而害北斗的工作窒礙難行，我也無法容忍。

只能硬著頭皮去做了——可是我才剛下定決心絕對不要再跟這個男人見面，結果往後還是得碰面，一思及此我就只能不斷嘆氣。

收拾完餐具，我們要離開藤丸的公寓時已經超過晚上十點了。

我在北斗面前裝出跟藤丸很要好的樣子，和樂融融地討論相親活動的時間之類的，但當北斗說「我去把車開過來」並先行離開之後，疲憊感讓我連說話的氣力都沒了。

見我慢吞吞地收拾東西、準備回家，藤丸說出「你好像殭屍喔」的感想，但我連回他一句「吵死了」都覺得麻煩。

「椿。」

我在玄關穿鞋時，來送我的藤丸喚了一聲。

「……是椿『先生』。你叫北斗時就有用敬稱啊。」

「椿先生。」

「幹嘛？」

「……下次再煮飯給我吃。」

「才不要，反正你八成一天到晚都在六本木吃著山珍海味。」

「才沒有這回事。而且我真的對你……」

「…………」

然而，藤丸的話只說到這邊。

這個時候要說「我很在乎你」或是「我喜歡你」之類的吧，藤丸卻像沒聽過這些話似的支吾不語。我倒是覺得求婚才更需要勇氣啊，真是個怪人。

「算了，比起那種事，剛才的……那個……」

「……？……什麼啦？」

聽到我的催促，藤丸睜圓了雙眼。雖然對他的不識相感到火大，但對於這件事我不得不謙虛一點。我忍下恥辱，擠出聲音：

「我還是……就是……希、希望你可以借我………」

都確定往後會再見面了，換句話說，就算跟這個男人借了東西，也有辦法歸還。

「……你這個人真的是，拿你沒轍耶……」

藤丸總算察覺到我的意思而露出苦笑，我則回他一句「吵死了」，聲音因為難為情而變得越來越小。

＊＊＊

離開藤丸的公寓，坐上北斗車子的副駕駛座後，車子順暢地在夜晚的六本木行駛而過。我住的公寓距離這邊大概要半個多小時的車程，是靠近中野的寧靜住宅區。

「謝謝你，椿。」

北斗轉動方向盤，開口說道。我察覺到這句道謝別有深意，反問了一句：「謝我什麼？」

「謝謝你幫我照顧蓮。」

「喔喔，嗯。」

我並不是自願照顧他的，但既然都說他是朋友了，我也就回答得含糊不清。

北斗沒有將此放在心上，他的側臉揚起困擾又有點寂寞的笑容，語帶自嘲地說：

「說真的，我實在拿他沒辦法。」

他指的是藤丸吧。我簡短地回應一句：「我想也是。」

「三年前，那時才二十歲的蓮是以接案設計師的身分工作，而『Fizz』發現他並找他加入公司。但蓮的個性很自我吧？在公司裡完全是個問題人物，但只要由他設計，豈止是公司內部的比稿，不管是哪個大獎比賽都由他一人獨得。」

「……他是那麼厲害的設計師嗎？」

「蓮是個天才喔。」

聽我這麼一問，北便用力點頭。

「我之所以會來『Fizz』工作是剛好被公司錄取了。一開始對公司抱持著光鮮亮麗的印象，覺得只要是大型企業，無論哪間都好。但蓮不一樣，他只想設計婚紗禮服，他至今都一心一意地只鑽研這一件事。」

「但這不是他可以不遵守截稿日的理由。」

「哈哈，是啊，他不遵守截稿期限的話，我會很傷腦筋，但他一交出設計圖，『Fizz』裡的所有人都會為之屏息。雖然很不甘心，但我有時也會覺得截稿日根本不重要。儘管他是那種個性，但他對禮服是抱持著真心及滿腔熱情的，既率直又毫不妥協，甚至讓我不想去催促他趕快完成……」

「…………」

我不懂禮服。

雖然不懂，但當我看到他專心致志地畫下線條的身影，的確能切身體會到——啊啊，他真的是個設計師，而且將自己的靈魂奉獻出去了。

「但也因為這樣，才更讓人覺得他難以應付。『Fizz』之所以會成立『Balalaika』，就是怕不管好自由自在的蓮，他會被其他公司挖角或者自己獨立創業。我們是藉由成立一間專屬於蓮的公司，勉強將他綁在旗下的。」

一間大公司為了藤丸一個人不惜做出如此大的投資。換句話說，失去藤丸這個人才，對「Fizz」而言會是一大損失。沒有在公司工作過的我也能理解這一點。

「……但現在遇上瓶頸了。」

只要回想一下藤丸剛才的樣子，就能預料到這點。

藤丸自己似乎也知道並非凡事都能一帆風順，然而現在的他看起來不夠冷靜，無法突破這個狀況。

「那傢伙的設計優異，既獨特又前衛……但禮服不是藝術品，是讓人穿在身上的東西。可是長久以來一直單打獨鬥、留下成果的蓮無法理解這一點。」

「…………」

「跟他相處過後，你應該知道那傢伙不太會顧慮他人……簡單來說，他還是個小鬼。這一面會表現在他的設計上。」

天生不會在意周遭眼光的個性讓他創作出獨特的作品，才能擁有現今的地位。

但現在的他必須做的不是誇耀自己的才能，而是遵照「Fizz」的想法，做出「暢銷」禮服。

車子駛進品牌門市林立的新宿街道。交通號誌正好轉為紅燈，車子停在「Fizz」的展示櫥窗前方。放眼望去，櫥窗裡擺著好幾具穿著禮服的假人模特兒。

「蓮做的禮服是最右邊的那件。」

簡樸的胸口設計，與有著滿滿蕾絲及褶邊的裙子形成強烈的對比。那設計格外大膽，而且引人注目。

「那樣的設計不好嗎？在我看來是非常漂亮的禮服啊。」

「沒有不好，那是一件很美的禮服……但蓮的禮服可以更令人驚豔。」

北斗說過，藤丸是個天才。這大概是真的吧，他靠著那分天賦，建立起現在的地位。

但如果要在不斷改變的大環境中持續拿出成果，他也得跟著不斷改變才行。這並不是要他變成另一個人，也不是要他捨棄尊嚴屈就。不過，他如果一直執著於成功的過去，不向前邁進的話，他有一天會成為過去。

有才能又能以此維生，這簡直是夢想般的人生。不過有那麼優秀的才華，世人似乎不允許他「平凡地活著」。

感覺根本不了解藤丸，還暗自欽羨他的自己有些可悲。

「得知那傢伙下定決心去參加相親時，我嚇了一大跳。結婚應該是最需要與他人誠摯相對的事情吧。」

「……現在的藤丸結不了婚。」

聽到我這麼說，北斗果然露出苦笑，有些傷腦筋地回應「也是呢」。這時交通號誌轉為綠燈，車子再次向前駛去。

「……蓮不知道何謂『喜歡』。」

北斗沉默了一陣子後，嘆息般地說道。

聽到這句話，我短暫地產生了「太誇張了」的想法。之後我回想起藤丸也沒有對我說過「喜歡」的事。

「那傢伙在不久前問過我什麼叫做『喜歡』……」

不知道何謂「喜歡」？也不知道戀愛時的心情及意義？

怎麼可能啊。但是，也有可能，畢竟從相遇開始，他就是個遠遠超出我理解範疇的男人。

——所謂的「喜歡」並不是那樣的好嗎！

當我對他這麼怒吼時，一向不服輸的藤丸沉默不語。我還以為他是那麼想的，難道他是因為不知道「並不是那樣」才回答不上來的嗎？

「我活到現在……甚至都快結婚了，卻從來不曾思考過何謂『喜歡』。我苦惱了一陣子才回答他。」

「那你是怎麼回答他的？」

我稍微揶揄似的問道，北斗害羞地吞吞吐吐道：

「……『想看到那個人的笑容』。」

「笑容？」

「……如果會這樣想，就代表自己喜歡那個人吧……你覺得呢？」

靦腆笑著的他，腦海中想到的肯定是幾個月後將穿著婚紗，站在自己身旁的那位女性的笑容。他想必是打從心底愛著她的吧。

內心感受到陣陣刺痛的同時，一陣鼻酸湧上。我別過頭，並擠出聲音。

「……我覺得你說得沒錯。」

我一直以來應該也是想看到那副笑容，才會為北斗做這麼多。

但我一點也不想知道何謂「喜歡」。

車子駛過中野車站，進入住宅區。車子在我小巧雅致的公寓前停下來，我解開安全帶的時候，北斗像回想起什麼似的說：

「這麼說來，我沒看過蓮笑起來的樣子呢。」

「咦……？」

「那傢伙一直都一臉不爽，看起來很焦躁吧。」

是這樣嗎？他在床上脫掉我的衣服時戲弄我、強勢地笑著，看起來倒是滿開心的——不，別想了。

至少那一晚用手機拍下來的照片上，他在我身旁笑著。大大揚起的嘴角還能瞥見尖利的虎牙……

「真希望他可以找到一個能讓他盡情開懷大笑的人啊。」

「…………」

我無法做出什麼回答。

彼此道過晚安後，我下了車。

——跟我結婚吧。

爬上公寓的樓梯時，腦海裡突然想起他那句輕浮的話。

「太扯了……」

我真的完全無法理解。

不知道何謂「喜歡」，那他是抱著什麼樣的想法對我說出那句話的？

欸，藤丸。

你總是擺著一張臭臉，噘著嘴，態度傲慢又自大。

但在你的心裡……

是想看到我的笑容嗎？

第3章

「你那一堆東西是怎樣……」

假日的中午，身穿運動服到玄關應門的藤丸一看到不同以往，雙手抱著大紙袋的我，就用嫌麻煩的語氣說道。

這是我第六次造訪位於麻布十番的這棟公寓，我都徹底習慣踏入大理石建造的豪華入口了。

我們會像這樣碰面，當然不是因為成了朋友，也不是因為我答應了他的求婚。跟藤丸一起參加相親——這既是北斗的提議，也是我答應他的事情。我必須實踐承諾，而我又是既然決定要做，就一不做二不休的個性。

『——我有個條件。』

剛答應要一起參加相親活動沒多久，藤丸就提出要求。

這是在兩星期前，決定好要一起參加相親後，我第一次主動打電話給他時的事情。

聽到他這麼說，我差點就大聲喊出「還談條件，跩什麼跩啊！」，但還是在最後一刻忍了下來。

畢竟這是我跟北斗之間的約定，配合我們對藤丸來說一點好處都沒有。不只如此，他手中不僅握有我的祕密，他還希望我跟他結婚。面對這樣的他，我沒有資格強迫他跟我一起參加相親。

「…………」

「條件」兩個字讓我緊張地嚥了口口水。

是要跟我要錢、叫我跑腿，還是想要我的身體呢……

這樣的恐懼感不斷在腦海中縈繞，但是……

『煮飯。』

「嗯……？」

『只要你願意煮飯給我吃，我就答應。』

「……喔。」

這樣就好了嗎？我的推測落空了。

就這樣，每當我們去參加一次相親，我就會來他家一趟，借用他的廚房做一頓飯菜。

雖然只要在參加相親之前或之後做飯給他吃就好，但藤丸完全不會要求說他想吃什麼，就算問他，也只會回答「什麼都好」。

不挑食是很令人感激，但我每次都要為了構思菜單而苦惱。後來我聽北斗說，他對食物就跟談戀愛差不多，沒什麼執著。

聽他這麼一說，我才想起他家難得一見的系統廚房感覺都沒在使用，垃圾桶裡丟滿了便利商店便當跟泡麵的空盒。

他要是倒下，北斗應該會很傷腦筋，因此每當我去他家，都會替他做好幾天份的配菜，還順便幫他打掃一下家裡——不，這只是因為我無法待在亂七八糟的房子裡而已。

這兩個星期，我做過夏威夷漢堡飯、鮭魚萵苣炒飯、牛肉咖哩和焗烤。也就是說我們參加過四場相親，但結果慘不忍睹。

若禁止他在相親活動上向人求婚，他就會露出原本的冷漠態度及說話笨拙的一面。不僅無法跟女性聊天，最後還無聊到開始抖腳，讓人難以接受。

『你寫了幾號？該不會又無法選出對象，交了一張白紙吧？』

第一次的派對結束後，我這麼問。

那天有許多對藤丸來說年紀稍長的女性，也有滿多成熟保守、打扮漂亮的女性，沒有配對成功著實可惜，但我覺得不挑剔的藤丸應該會看得眼花撩亂。

不過，沒想到他乾脆地回答了「二號」。

『二號？』

當我正試圖回想那是怎樣的女性時，他打斷我的思緒，冰冷地說「是你的號碼」。那一天我確實是男性的「二號」。

『你、你認真一點！要是跟二號女性配對成功了怎麼辦！』

『你也有看到我的狀況吧，怎麼可能成功。』

換句話說，藤丸覺得可以去參加相親換取一頓飯，但沒有要認真參與的意思。

在那之後，他都會寫上我的號碼，而我則是老樣子。不是選不出來，直接交出白紙，就是即使勉強選出一個，卻沒有配對成功。

——但是今天，第五次相親可不能再發生這樣的情況。為了彰顯我的決心，我甚至炸了十分費工的可樂餅。

「……你也太堅持了。」

藤丸一臉厭煩地說著，一口咬下可樂餅，外皮隨之發出酥脆的聲音。

太堅持？廢話，他以為只要一直寫我的號碼，我就會屈服嗎？

「我只想跟椿結婚。參加這些活動毫無意義，也浪費時間。」

「少做夢了。吃完之後就該做準備了，別拖拖拉拉的。還有，你要叫我椿『先生』，別忘了。」

「是是是，椿先生。」

「『是』說一次就好！」

不管繼續參加幾場相親，大概都會是一樣的結果。

但是，如果藤丸很受歡迎就另當別論了。

男人這種生物很單純，就是會對喜歡自己的女性沒轍。他現在每次都固執地寫下我的號碼，但他原本是個有炮友的男人。只要能讓美麗的女性主動接近他，他也會改變心意才對。

「聽好了，首先，禁止你穿那種像小混混的服裝去參加活動。」

藤丸有幾個問題，第一點是外表。

他身材高挑，又是五官立體的美形男，但叫他去換衣服，他會穿著破洞牛仔褲現身。可不能讓他把相親當成大學生聯誼。

「但這才是真正的我，算是自我風格……」

「吵死了，不准頂嘴。凡事最重要的都是第一步，你給我拋開那無聊的自尊心。平常的穿搭風格只要在約會時慢慢展現出來就可以了。」

之前打掃房間的時候，我有確認過藤丸的衣櫃，裡面全是樂團T恤、連帽衣、刺繡夾克、棒球外套或皮革外套之類的衣服，完全不適合穿去參加相親。

我把帶來的紙袋裡的東西都攤在床上，這些是我從自己的衣服裡精挑細選，應該會適合藤丸的服裝。扣領襯衫、薄開襟衫以及棉質的休閒西裝外套，雖然都不是高檔的衣服，但每一件都是基本又安全的設計。

「……你要我穿這個嗎？」

藤丸嫌棄地歪了歪嘴，還抱怨了一句「好土」。

「土一點又沒關係。你穿得太招搖，只會讓女性感到退縮而已。」

我跟藤丸的身高、體格都差不多。讓他試穿了幾套以後，決定換上顏色沉穩的襯衫及西裝外套。

比起時髦，感覺更像一直沒去整理的金髮無法在短時間內解決，我只好將他的頭髮稍微往後梳，再讓他戴上無度數的黑框眼鏡，整個人的氣息就從澀谷的小混混變成服飾產業或業界相關人士了。

這身打扮比較適合皮鞋，但我在他收藏的球鞋中看到應該很受女生歡迎的設計款，今天就先這樣搭配吧。

看著鏡子裡的自己，藤丸皺起鼻子。

「一定要做到這種地步嗎？」

我知道他想說什麼。無論是誰，都曾希望有人愛著毫無矯飾的自己，我自己也會穿著家居服躺在沙發上，悠哉地度過假日時光，但那是最後才要讓對方愛上的模樣，並非一開始。

「你也不是沒付出任何努力，就得到了現在擁有的一切吧？」

「…………」

我這麼一問，藤丸也許是不知道該做何回應，沉默不語。

雖然北斗說藤丸是天才，但我不認為在那狹小的空間裡屏息畫著線條的他，至今從未吃過任何苦頭。

「凡事都一樣，都需要一番努力。」

雖然努力未必能得到回報就是了。

藤丸似乎難得聽進了我說的話。他雖然碎念了一句「有夠麻煩」，但沒有再抗拒。

「下次去參加活動前，你要多準備一點這類的衣服喔。」

有一、兩件基本款的西裝外套和一雙皮鞋會比較好。只要挑個品質好的並好好保養，就能穿很久。

藤丸沒有昂貴的名牌服飾。皮革外套跟刺繡夾克的價格應該都不便宜，但那些衣服的「價值」在於它們是絕版二手衣，或是獨一無二的手工訂製品。

而且不知道他是節儉還是不在乎，塞在藤丸褲子後方口袋裡的皮夾也很破舊。

「我只會穿自己想穿的衣服。把錢花在自己不喜歡的衣服上太蠢了。」

「住在這麼高級的房子裡，真虧你說得出這種話，可惡的高薪男。」

看來服裝方面還需要繼續教育。

「在相親活動上，你就坦言自己的職業是設計師吧，不然反倒太可疑了。年薪也可以老實說，但絕對不要用炫耀的語氣，沒有什麼比男人自吹自擂更無聊的了，總之要謙虛一點。」

「要怎麼謙虛？」

「只要說『我只是喜歡這份工作，並盡力去做而已』就可以了吧？對了，講話要有禮貌一點，不要像在跟朋友聊天一樣。」

相親時，男人的年薪是一大賣點，但若是散發出「玩得很開的高薪男」的氣質，就只會吸引到同為玩咖的女性。我的目標對象是具備一定程度的獨立，或至少不會露骨地投懷送抱的聰明女性。

「還有，你要表現得開心一點，不要抖腳。」

「可是不管跟誰講話都很無聊，這也沒辦法。」

「……好，你不要勉強自己說話，反正開口就會漏餡。你就問對方各式各樣的問題，讓她說話，裝出感興趣又有所共鳴的態度。如果是合得來的女生，你們自然就會聊開了。」

「……你今天是怎麼了？太有幹勁了。」

「吵死了。你今天絕對不准再寫我的號碼喔！」

「…………」

「時間到了，走吧。」我們一起離開公寓，搭電車前往銀座。

「我很忙耶，就算不做這種麻煩的事，只要椿……先生願意跟我結婚，一切就都能圓滿解決了。」

「別怪到我身上來。我都答應北斗了，這也沒辦法。」

「開口閉口都是北斗……」

明明哀嘆著想要忘掉他，卻還是這副德性。聽到他傻眼地這麼說，我面露內疚，差點就要向他道歉了，但因為倔強而閉上嘴。

「……看來你是真的要我去相親啊。」

隔著車窗對上視線，藤丸自言自語般地說。

倒映在窗戶上的藤丸跟之前相比，簡直判若兩人。是我要他換上這身打扮的，為了讓他受到更多女性歡迎。

「…………」

可是，這是一件壞事嗎？

這天的相親派對是在銀座車站附近的飯店宴會廳舉辦的。

這次沒有安排一對一的交談時間，是許多人一起自由活動，相當考驗男性參加者主動上前搭話的積極度及社交能力，因為在這種派對上，若是沒有女方很感興趣的男性在場，女性們通常都被動地等人上前攀談。

派對剛開始不久，當我向一位知性的短髮女性搭話時，有另外兩位女性不好意思地靠過來說：「不好意思，我們也可以一起聊聊嗎？」我幸運地受到三位女性的圍繞。雖然其他男性參加者投來刺人的目光，但這不構成我婉拒她們的理由。

我瞥了跟在我身後的藤丸一眼，用下巴示意他「閃遠一點」。他露骨地露出嫌棄的表情，不屑地撇過頭，去拿飲品了。

過了一陣子，當我們聊起職業、出身地以及興趣時，不遠處傳來一道雀躍的尖聲歡呼。

朝那邊看去，有一名年輕女性主動向獨自靠在牆邊的藤丸攀談。

藤丸還是態度冷漠，就只有臉蛋無可挑剔。再加上今天穩重的穿著，在她眼中，藤丸應該是位冰山男吧。我的作戰計畫立刻有了成效，我在內心做了個勝利手勢。

不過穿著低胸連身短裙、有著一頭褐色捲髮的她伸手抱住藤丸的手臂，說著：「你還這麼年輕，竟然是CEO！」為他華麗的條件發出高興的驚呼。

從那副模樣感受不到我跟北斗期望的知性和穩重，不過她花枝招展的外表及開朗隨興的態度，或許符合藤丸想要閃電結婚的期望，雖然我不覺得她能用做了華麗美甲的那雙手，整理藤丸的家——不，這是我的壞習慣，不該用外表來評斷一個人。

他也不是個孩子了，我應該要專注在自己身上。

儘管藤丸沒有劈頭就向人求婚，我的注意力卻漸漸被那兩人的交談聲拉走。當我要為眼前的女性們提供其他話題，準備開口時……

「欸，你為什麼會成為禮服的設計師？」

用甜膩嗓音提出的各種問題中夾雜著這一句，害我完全分心了。

為什麼會選擇禮服呢？這是我一直找不到時機問，對他感到好奇的事情之一。

如果他是設計日常服飾的設計師，像是街頭龐克或是休閒時尚的服裝會合理許多。

「…………」

我不禁斜眼觀察藤丸的反應。他看起來沒有因為被年輕女性纏上而感到厭煩，但也沒有想緩和氣氛的意思。他以莫名空洞的表情張開那對薄唇：

「跟妳無關。」

「咦？」

女性的表情因為困惑而僵住。

藤丸輕輕甩開她，伸手搔亂難得抓好的髮型，走出宴會廳。我對眼前的女性們說一聲「抱歉」，連忙追上藤丸。

「藤丸。」

我從身後叫住他，那對寬闊的肩膀顫了一下，轉頭看向我。

他跟平常一樣一臉不悅，但似乎帶著幾分怒意。他用毫無掩飾的凶惡目光瞪視著我。

我先抓住藤丸的手腕走過走廊，把他拉到廁所旁的通道，並將他逼到牆邊，用手指戳上他的胸口。

「首先，不要對女性那樣說話。」

「………」

藤丸確實傲慢，但他不是會對女性那樣發脾氣的男人。是對她裝熟的態度感到厭煩嗎？還是說，那是如此私密的問題？

「你在鬧什麼脾氣？」

聽我這麼問，藤丸便賭氣地抿起雙唇。他垂下視線，最後彆扭地低喃：

「我不要再來了。」

「什麼？」

「夠了，我不參加相親了。椿，跟我結婚吧。」

「你又在說那種話——」

藤丸打斷我的話，朝我逼近。我受制於他的氣勢，被壓到另一邊的牆上，愣在原地。

「藤……」

修長的手臂從正面環過我的腰際，轉眼間就緊抱住我。如果只是像個孩子一樣抱上來還算可愛，但對方是藤丸，他的手掌帶著明確的意圖，撫上我的臀部，讓我的焦急一口氣湧上。

這裡能聽見會場傳來的熱鬧背景音樂、男男女女的談笑聲。既然是在廁所附近，那參加者們就極有可能會來這裡。

「喂，你在想什麼？在這種地方……！」

「椿，你都不會回想起來嗎？」

他固定住我的後腦杓，在我耳邊問道。我不明白他想問什麼，不禁語氣粗魯地反問一聲「什麼？」，但他豪不在乎地繼續道：

「我每天都會想起你身體的觸感、聲音還有這裡……」

「說什麼蠢……！」

他的手指像要探進臀縫般蹭過，我瞬間泛起雞皮疙瘩。我一掙扎，腳就踢上牆壁，發出清脆的撞擊聲讓我緊張起來。當然不能讓任何人看到這個情況，我不禁縮起身子，緊咬下唇。

「那個時候的你超性感又超棒的，椿，你應該也覺得很舒服，不然通常第一次被男人抱不會那麼有感覺的。」

「啊……」

伸進我雙腳之間的膝蓋頂上我的胯間。

彼此的身體隔著衣服磨蹭，從記憶中浮現的不只是我的醜態，還有那令人腿軟的快感。我知道要是接受了眼前誘惑我的男人，我又會被那股快感吞噬殆盡。

問我會不會想起那一晚？當然會啊，還是每天都會一再回想起來。

那是我第一次被男人抱，怎麼可能那麼輕易忘記。我會回想起將身體交給藤丸、放蕩地發出荒謬呻吟的自己，還有那時嘗到宛如會融化筋骨的快感，並引以為戒。

但是，只有那一晚。

我遭到天譴，也嘗到了苦頭。如此讓我痛切地明白自己不能再犯下相同的過錯——

「那一晚的事情……」

我抓住藤丸的肩膀，但沒有推開他。我先吸了一大口氣，再嘆息般地開口。抱著我的手臂顫了一下。

他應該想像過像這樣把我逼到絕境時，我會做何反應吧。他覺得我會再次陷入他的誘惑之中，還是會跟平常一樣對他生氣呢？但是，誰要做出他預料之中的反應，我也有身為年長者的骨氣。

「——我很後悔，那是我人生中最糟糕的一天。是我意志太薄弱，才會惹來那種事態。」

「…………」

他鬆開束縛，瞪大的雙眼在看不清對方的極近距離下注視著我。褐色睫毛因為動搖而晃了晃。眼尾上揚的大眼中，沒有捕食我時的銳利目光。

「跟你做愛很舒服，相當舒服，雖然很不爽，但這絕非謊言。」

我佯裝平靜，壓抑著說話的語氣，為了讓他聽進去而簡短分段地說。

無論羞恥還是快感，我都能靠理性控制住。我再也不會被這個男人誘惑，被他牽著鼻子走。若是我不認為自己能做到，就算是答應了北斗，我也不想做出再跟他見面這種蠢事。

「但我沒辦法那麼輕易、坦率地接受歡愉，也不會因為興趣或找樂子就跟人上床，我就像個笨蛋一樣認真地活著，既不懂得通融，又很死腦筋，這你應該知道吧。」

「…………」

「聽好了，我無法成為你的『朋友』。」

我跟那些把胸罩丟在他家的女人不一樣。我沒辦法說著結婚這種空泛的話，因為身體契合就跟不是戀人的對象沉浸在性愛之中。就算對象不是藤丸也一樣。

藤丸頓時皺起一雙細眉，聲音顫抖地說著「不對」。

「我說的明明就是跟我結婚……！從一開始，我一直都是這樣講的……！」

藤丸抓住我的衣領，聲音嘶啞地說。

他確實向我求婚了，而那些求婚臺詞也確實漸漸讓我覺得不像是在開玩笑。他今天會這麼惱火，是因為這樣的我認真逼他參加相親，讓他感到焦急了嗎？

就算是這樣，那現在這種狀況又是怎麼回事？在我聽來，他只是想上床。

「你……像這樣用言語羞辱我、怒罵我，還把那一晚的事情拿出來講……是認為這樣就是在追求我嗎？」

「……！」

那雙大眼驚愕地注視著我。

聽到我指出這一點，他似乎總算察覺到自己的言行所代表的意義。一瞬間，藤丸聲音顫抖地說：「這……」但沒有繼續說下去。我大嘆了一口氣。

「要你參加相親的確是不可能了吧。」

「……！椿……」

「沒什麼好說的了，讓開，我知道這是在強迫你配合我，既然你不喜歡就算了。你說得對，我們還是別再做這種事了。」

「椿……！」

他還是不肯罷休，但這時，我聽見附近傳來高跟鞋的腳步聲。我拉開藤丸抓住我衣領的手，推了他一把。

我必須找個好藉口，向被留在宴會廳的女性們解釋才行，也得做些補救措施，以免那個穿迷你裙的女生跑去找主辦單位說藤丸的壞話——真是的，為什麼我要做這種事啊？

「椿，等等……！」

「吵死了，你給我回……」

就在我想回去會場而走出通道，經過廁所前面時，我跟呆站在角落的人對上了眼，不禁停下腳步。

身材纖瘦高挑，眉清目秀——是很眼熟的臉。

「井、井上……？」

「老、老師……！」

是我班上的學生，井上真凜。

胸前抱著一個手拿包的她身穿成熟的洋裝，配上高跟鞋。難以置信的是，她胸前配戴著十三號的名牌。

「妳……………妳在這裡做什麼！」

我太過震驚，差點就要大喊出聲，但在最後勉強把音量壓了下來。

就連平常態度滿不在乎的她也不由得露出「慘了」的僵硬表情。

追上來的藤丸看了井上一眼，不爽地問我「誰啊？」，我只能掩面抬頭，回答他「這是我的學生」。我的聲音已經因為太過疲憊，完全失去了氣力。

然後我抓著井上的後頸，回到我們剛才待的那條通道。

「……嘿、嘿嘿嘿。我姊姊報名了這次的活動，但她突然有工作，沒辦法來……」

未成年的井上為什麼會來參加相親派對？在我的逼問之下，她搔著頭回答。

她從手拿包裡拿出姊姊的駕照。姊姊的年紀是二十二歲，大她五歲，從證件照看來確實長得很像，如果只是稍微看一眼，的確能騙過工作人員。

「我先說喔，這次是我第一次來，我也沒有拿酒來喝。」

「廢話……」

「我、我只是出於好奇嘛，沒想到椿老師也來參加了……」

看著井上老實地露出失落的樣子，我覺得太陽穴開始隱隱作痛。我是覺得她是個傷腦筋的學生，但沒想到她會做出這麼大膽的行動。

「……井上，總之妳最後寫十一號，我也會寫下妳的號碼。」

「咦，可以嗎？」

十一號是我今晚的號碼。相較於開心地捧著臉頰的井上，藤丸皺起眉頭，語氣帶刺地說了聲「椿」。我知道他有所不滿，但現在先不管他。

活動禁止參加者在會場外與沒有配對成功的異性接觸，要是被工作人員或其他參加者看到就麻煩了，何況我也不能放任她去跟不知來歷的男人配對成功。

「欸，離開這裡之後，我想去老師家。」

「啊……？」

「那我就不跟任何人說今天的事。」

「……井上，我說妳啊，妳知道自己幹了什麼好事嗎？妳偽造身分，跑來禁止未成年參加的活動耶。這次我不會舉發妳，妳也別隨便散播我的隱私，這樣就扯平了吧。」

我要是向學校報告這件事，井上當然會被叫去學生輔導室，也免不了通知父母，並進行三方面談，最慘還有可能會遭到停學處分。

雖然她到處散播我來參加相親的事情，會讓我覺得有些難堪，但我不會因此被興師問罪。畢竟以奔三的單身男性來說，參加相親一點也不奇怪。

我自認已經做了很大的讓步，但井上如果是會因此退讓的學生，我在替她進行出路指導時也不會覺得那麼棘手了。

「老師，可是人家看到了耶，你被這個人壓在牆上。」

「……唔！」

井上指著呆站在我身邊的藤丸。

我瞬間摀住差點就要發出哀號的嘴。她看到了什麼，看到了哪一幕！又聽見了什麼！我很想追問——不，還是算了！

「所以說，讓我去老師家嘛！」

「…………」

我跟藤丸四目相對。他一臉事不關己，像在說不是他的錯。

——糟透了。跟這傢伙在一起真的沒什麼好事。

「所以說，為什麼是來我家啊？我無法接受。」

「你以為是誰害的！沒辦法啊，要是真的讓她進到我家，我可就吃不完兜著走了。我們學校連詢問學生的私人連絡方式都禁止耶，我會被開除啦，開除！」

我不得不答應井上的要求，但要是被別人看見並傳出我染指學生的謠言，那我的工作就沒了。就算沒有碰到她一根手指，光是讓她進到家裡這個事實就出局了。

去朋友的家就沒問題嗎？這也很難說，但如果是藤丸的公寓，光是跟學校有一段距離，被他人目睹的機率就會大幅降低。

派對結束並離開會場之後，井上得知不能去我家而一臉不悅，之後一踏入藤丸的高級公寓就興奮又開心。總之，可以說是成功堵住她的嘴了吧。

「哥哥是什麼人啊？」

喧鬧一陣子後，井上突然向藤丸問道。

二十三歲，有著美貌及一頭金髮，還住在這麼豪華的家中。以我這個平凡高中老師的朋友來說，藤丸在各方面都太可疑了。

「我叫藤丸蓮，是椿先生的男朋友，最近會成為他的丈夫。」

「——是不怎麼熟的朋友，我跟他幾乎沒有關係。」

我隨口應付一下就朝廚房走去。

我安撫了一下投來埋怨視線的藤丸，做為雙重保險，又拿出冰在冰箱裡的卡士達布丁給井上。這是今天中午做的，因為有多餘的蛋。

「那明明就是我的。」

「少囉嗦。反正還有兩個，又沒關係。」

「這是老師做的嗎？」

「對。聽好了，井上，這樣妳就不能多嘴……」

「我知道啦，不會說的、不會說的！哇啊～超厲害的耶。欸欸，如果我成立一個料理社團，椿老師可以來當顧問嗎？一定會有很多人加入。」

井上開心得又蹦又跳，在椅子上坐下。

「……妳要成立料理社？」

「對啊，算是一種新娘修行吧？」

「——妳有在反省嗎？」

我坐在對面的椅子上看著她。井上這才總算認命似的小聲說了句「對不起」。

「我不是不准妳結婚，要把嫁人當作夢想也沒關係。妳如果真的想要，就算要參加相親也可以，但這些都得等妳成年了再說。」

「嗯………」

「只是即使要嫁人，我也希望妳可以跟自己認定的對象結婚。知道嗎？」

要是現在有這樣的對象，要急著結婚也行。但如果並非如此，那更認真地面對自己，多累積一點經驗也好吧。

「……老師，你為什麼會成為老師呢？」

「我的事情——」

不重要。我差點這麼說，但噤住了聲。

忘了何時，她問過同樣的問題，然而井上注視著我的雙眼，與她平時難以捉摸的樣子大不相同。

井上很優秀，她具備我缺乏的所有優點。若是可以充分發揮，就算出了社會，想必也能十分活躍。

但就跟天賦異稟的藤丸一樣，她或許也懷抱著因為具備才能而產生的困擾。

雖然無法容許她這次的行為，但現在想想，她說不定是為了摸索未來才會這麼做的。

我可能沒辦法打從心底理解她。然而，我是她的老師，還是會盡力陪伴在她身邊。

「……我並沒有非常想成為老師，只是在學生時代受過老師的關照，產生了或許也可以走這條路的想法，就走上這條路罷了。」

我沒有長處或有自信的地方，當然也沒有遠大的夢想。

雖然很認真念書，但偏差值還是不夠高，無法跟北斗進入同一所大學。家裡也沒有富裕到可以讓我重考，於是我依照自己的成績及經濟能力，選擇了勉強能就讀的大學，現在仍過著每個月都要還就學貸款的生活。

「……我弟弟天生患有重病。」

像在自言自語般，我在嘴裡咕噥說道。

會覺得這些話說起來很生疏，大概是因為我平常不會跟別人談起自己的境遇。

「父母都必須守在弟弟身邊，沒什麼心力陪伴我。家裡的錢都花在弟弟的治療費用上，所以我也不能去上補習班或才藝班。」

小我兩歲的弟弟是在地方區公所任職的公務員。儘管不至於無法工作，但他現在的身體也不算強健，跟父母一起住在老家。

多虧於此，他們不會管我要去哪裡、做些什麼，也不會對我的未來出路及工作有意見，也沒有催我結婚生子。

或許有人會認為這樣很自由，但也能說是得不到父母的關心。現在我能想像到父母的辛勞，不過我還記得青春期的我無法理解，長年以來都對父母抱持著複雜的情感。

「所以我念書時都盡量靠自己，遇到實在搞不懂的地方就在放學後去請教各科老師，但也有老師嫌我麻煩就是了。」

也有老師覺得我勤勉認真而特別關照我，那正是數學老師。在五個主要科目中，我變得最擅長數學，就此成為了數學老師。

「就只是這樣，抱歉啊，雖然擺出一副煞有其事的樣子，但我根本就不帥氣。不過一旦決定要做，我就會盡力做到最好，我就是這種個性。而且要是半途而廢，更不帥氣……」

井上垂下視線，小聲低喃「嗯，謝謝」。

「可以得知大家都不知道的椿老師的過去，我很開心。」

「妳要在社群平臺上炫耀嗎？」

這麼一問，井上便悶聲笑著說「才不會呢」，吃起我做的布丁。

「老師，這超好吃的耶。」

「這樣啊……太好了。」

她的反應天真無邪，但與她平常逃避我說教的樣子不同，讓我安下心來。

吃完布丁後，井上說著「我去上個廁所」起身離席，我走向賭氣地躺在沙發上的藤丸。

「……剛才那件事，你可別跟北斗說。」

「為什麼？」

「那樣很糗吧。」

「我就沒差嗎？」

「我在你面前要帥幹嘛？沒意義又浪費力氣。」

說完，我正打算離開，他卻突然抓住我的手，把我拉住。

「……剛才……」

他喃喃開口。

剛剛發生的事雖然因為井上的出現而不了了之，但那是足以造成我們真的再也不會見面的事態。不過就算是我，也差不多習慣他總是會天外飛來一筆的言行了。

「……你的意思應該不是想跟我上床吧。」

「我是想跟你上床。」

他依然低著頭，說了聲「抱歉」。他急不可待地撩起頭髮，帶著有點煩躁的語氣說：

「我不知道該怎麼跟你說，只是……」

「我懂啦。」

我懂，至少我知道他沒有惡意。握住我手指的手冷冰冰的，應該是很緊張吧。

「別說你不跟我去相親了。」

他用幾乎快聽不見的聲音說道。

跟他一起參加相親——要不是答應了北斗，我既不會來這個家，也沒有再跟藤丸見面的理由。

藤丸嘴上說著沒有意義、浪費時間，卻沒有對參加相親表現出厭惡大概是因為這樣吧。

他還是一樣近乎頑固地不說「喜歡」。但是，這代表他是想跟我見面的。

「……原來你也會道歉啊。」

算了，光是如此就算是有進步了。

「……你寫了幾號？」

他依然低著頭，我對著他的髮旋問道。藤丸回答「十一號」。我明明跟他說過不准再這樣了，真是個學不乖的傢伙。他明明知道我會寫井上的號碼，這個男人還是選擇了我。

「欸，廁所在哪裡～～？」

我聽到隨著輕盈腳步聲傳來的聲音，抽回被他抓住的手。

「井上，不是那邊……」

井上朝廁所的反方向走去。我追上她時，井上「喀嚓」一聲打開工作室的門，看到狹小又凌亂的房間，喊了一聲「嗚哇」。

「井上，廁所在另一邊。」

「另一邊是這邊嗎？」

她還沒說完，我就聽見第二道門開啟的聲音，我突然回過神來。

走廊盡頭只有兩扇門。一扇門是放著桌子的小工作室，另一扇則是我之前被警告過不能進入的——

「不准打開！」

那一刻，藤丸突然高聲怒吼，並跑過我身邊。

從他慌張的樣子來看，我擔心裡面是不是放了什麼不能讓未成年人看見的特殊嗜好道具，因此也忍不住跟在藤丸身後。

「喂，藤丸，你該不會放了什麼奇怪的東西──」

然而，我的話說到一半就消失了。

「哇……！好厲害，好美…………」

井上感嘆出聲。

最盡頭的房間是他的工坊，藤丸是手工製作禮服的設計師。如果是在前面的小工作室，實在沒辦法縫製婚紗這類大型的作品。而這間寬敞的工坊中央，擺著一對男女的假人模特兒，它們身上穿著白到耀眼的純白燕尾服及婚紗。

「不准進去！那才做到一半而已，還沒完成！」

「又沒關係，小氣鬼～～！」

「妳夠了，給我出去！」

藤丸將井上從房間裡拉出來，離開房間的時候，我跟藤丸的視線剛好對上。

「啊……」

「…………！」

藤丸應該知道我也看見那套禮服了。他皺起眉頭，別開視線。

尚未公開的商品不能被公司員工以外的人看到。然而，從他那慌張的態度就能得知，他不想被其他人——被我看見的理由不只是這樣。

回程時我請藤丸開車送我們回去。我將帶來的東西整理好，藤丸也換上他平時穿的花俏衣服。井上看到他那副模樣，有點退縮地苦笑道「根本判若兩人」。

「蓮，原來你是設計師啊。欸，我可以叫你蓮嗎？可以吧。」

話雖如此，井上還是對藤丸很感興趣。就算藤丸一臉厭煩，她還是毫不在乎且興奮地不斷提問。

「欸，剛才那套禮服是誰要穿的？」

「……那是商業機密。要走了，別吵了。」

離開公寓之後，他從地下停車場開出來的車子竟然是一臺土氣的白色廂型車，井上一臉不滿地癟癟嘴。

「我還很期待你會開保時捷或賓士呢。」

「開保時捷或賓士沒辦法載貨啊！」

藤丸怒吼道，坐上駕駛座，我則坐上副駕駛座。井上從後座上車之後，車子先朝井上家附近開去。

「井上，以防萬一，我先把話說在前頭，我不是同性戀。」

雖然她答應我不會散播謠言，但我可不希望她對這方面有所誤會。這時，駕駛座的藤丸就嫌棄地碎念一句「愛面子」。我本來想揍他的肩膀一拳，但他正在開車。

「咦～但蓮說你們會結婚不是嗎？」

「我的意思是這傢伙或許是同性戀，但我不是。」

「我不是同性戀，我的對象只有椿先生而已。」

他的態度明明這麼冷淡，卻這樣直白地坦言，讓我來不及反駁。坐在後座的井上「呀～！」地尖叫，還害羞地捧住臉頰。

「不是的，井上。我會正常的、規規矩矩地跟女性結婚。」

「咦～但普通的結婚有趣嗎？」

「什……」

「我覺得椿老師是同性戀也沒關係，畢竟你是我崇拜的椿老師，與其被奇怪的女人搶走，跟蓮這樣的帥哥在一起，我還比較能死心。」

她毫無遲疑地說出這麼達觀的意見，讓我十分困惑。藤丸則是鼓勵她「真凜，再多說幾句」。

「在這個時代還有這樣的偏見就太古板了啦，老師。我姊姊買的雜誌上也有寫到，人生中沒有幾個能打從心底喜歡的人喔。」

「…………」

一旦感到認同，就只能沉默到底了。藤丸斜眼看了我一眼，微微揚起嘴角輕笑了一聲。雖然很不甘心，但我也沒轍了，至少這對井上來說不算什麼大問題，那就暫且當作沒事吧。

「掰掰，蓮，下次見！老師，明天見囉！」

在井上家前面停下車後，她開朗地向我們揮手道別。目送她的背影走進玄關後，車子開往我家。

按下看似車內音響的按鈕後，機器開始讀取沒有拿出來的CD，「BALALAIKA」的樂曲以爆炸般的音量播放出來。雖然是我喜歡的歌，但我把音量調低至最極限。

「……藤丸，謝謝你。」

「謝什麼？」

「裡面那個房間裡的禮服，還有燕尾服。」

聞言，藤丸的眉毛顫了一下。車內籠罩在沉默中一會，激烈的音樂代替我們進入副歌。藤丸一時語塞，過了一段時間才開口：

「那是我親手做的。婚禮當天，也會有雜誌社來採訪，因為真崎夫婦都是俊男美女，我覺得應該會很上相……」

「這樣啊……」

我會盡可能用開朗的語氣說「你也會做燕尾服啊」，表達出敬佩之情，是因為不希望他認為我心情沮喪。不知道藤丸有沒有察覺到我的意圖，他有些尷尬又懶懶地「嗯」了一聲。

在藤丸的公寓中最裡面的房間——工坊裡，正在製作北斗與他妻子將在結婚典禮上穿的服裝。我並不是一看就能知道，是從高挑的新郎假人模特兒及藤丸的態度中察覺到端倪的。

而我之所以道謝，是對於他禁止我踏入那個房間，並隱瞞著我，不讓我看到那套禮服。他應該是認為我看到北斗的燕尾服，以及擺在隔壁的新娘禮服後會受傷。

我確實不是什麼感受都沒有，但是……

「你要做出最棒的禮服給他們喔，藤丸。」

「…………」

這聽起來或許像在逞強，但我是真的認為北斗在人生中的重要時刻要穿的衣服，最好是能配上他的完美服裝。

我確實對北斗抱持著戀愛情愫。但與此同時，我也是他的頭號粉絲，更是由衷地想看到他露出人生中最燦爛的笑容。如果藤丸懷著一點對我的愧疚去製作禮服，我這個夢想就無法實現了。當藤丸說出「我知道」的時候，一首歌正好播完。

他的顧慮讓我很開心，不過我受到傷害也沒關係。就算我因為北斗的帥氣、新娘的笑容以及那美麗的服裝而受傷、大受打擊，再也無法重振起來也無所謂，因為那樣肯定比較好。

「欸，我可以問你一件事嗎？」

我拋出這句開場白之後，藤丸沒有回應，但我自顧自地說下去。

「……你為什麼會想設計禮服？」

這個問題跟今天身穿迷你連身裙的女性問的一樣。

他沉默了好長一段時間。

「我從小就跟媽媽相依為命，住在破破爛爛的公寓裡……」

車子穿過好幾個號誌燈後，他才這麼說。

「媽媽在十九歲時生下我，為了養我、讓我能去學校上課，她一整天都在工作。現在想想，她應該也有去做陪酒的工作。但我國三時，她因為過勞病倒，就這麼死了。」

「…………」

「然後葬禮時，自稱是我父親的男人才第一次出現。他只給了我一筆錢，也沒有捻香就離開了。後來我沒有去念高中，一邊打工，一邊利用那筆錢從事自由設計師的工作。」

他語氣平淡地道出過去，聲音也很平靜，平靜得差點被車子外頭的聲音蓋過去，甚至消融在降低音量的「BALALAIKA」樂曲中。

可是我知道在那表面下，有複雜的情感交錯混雜，盤踞在他心裡，彷彿在表現他這個人有多複雜。

「媽媽是那個人的情婦。」

「…………」

「所以她沒有結婚，當然沒有舉辦過婚禮，更沒有穿過禮服。但是她是個喜歡漂亮、可愛東西的人，應該也很想穿上禮服才對，所以，我就……」

所以，他才會一直做著媽媽絕對沒有機會穿上的婚紗。

「我的工作室很窄對吧？因為那樣我才能靜下心來，畢竟是貧窮人家出身的……」

「但是你住在很高級的房子裡。」

「要我住在哪裡都沒差，只是有人推薦，我就住進那種地方了。家具之類的也都交給別人處理，反正我沒興趣……」

國中畢業之後，他一直都是孤獨一人，並專心一意地製作婚紗，毫不關心其他事情，對戀愛及飲食也不怎麼在乎。

「我感興趣的只有禮服而已……」

藤丸獨自生活太久了。

不會顧及他人——既然他是獨自生活至今，那也無可厚非。

拿著國中學歷在社會上闖蕩，一旦有破綻就會讓人有機可趁，要是被人得知弱點就會被吞噬殆盡，年輕貌美還兼具才能的話更是危險。他的個性會這麼不服輸又傲慢，也是情有可原。若非如此，他大概無法生存至今。

「可以做出你能接受的禮服了嗎？」

他的表情沉了下來，並回答「我不知道」。現在應該也還在摸索吧。

但是……

「什麼啊，你還是有在好好思考的嘛。」

「什麼？」

「沒有啦，雖然你之前說過『反正穿禮服的是陌生人』……」

藤丸確實擁有替人著想的心意。

心懷亡母的幸福製作出禮服，並為今天那樣逼迫我而反省道歉。而且，他知道我喜歡北斗，才會把禮服藏起來。

「你確實懷著愛人的心，要不然……」

我無意間看向他的側臉，把話吞了回去。

那雙褐色的纖長睫毛染上車窗外流逝而去的霓虹色彩，眨了眨。我看見那眼尾上揚的大眼中，籠罩著一層薄薄的淚水。

「………」

我的直覺說著「糟了」。

他不知道何謂「喜歡」，但他的側臉讓我感到緊張。我心想，他是不是已經多少掌握到片鱗半爪了。

「——到這裡就可以了。」

就在這時，車子開到離我家最近的中野車站附近，我便逃避似的說道。

「我送你回去，好好送到你家門口。」

「我不想被你知道我住在哪裡。」

「…………」

「開玩笑的啦，真的沒關係，一下子就到了。我住的公寓前面路很窄，這臺廂型車不好迴轉。」

藤丸不甘願地把車子開到路邊。然而，他用平靜的聲音喚了一聲「椿先生」叫住我，我自然錯過了下車的時機。

「怎麼了？」

下一秒，我的右手手腕被他抓住，嚇了一跳，接著就這樣被拉過去。我失去平衡，倒向藤丸時被他抓住下巴，回過神來時已經太遲了，那道銳利的目光已經逼近到眼前。

「啊！嗯、嗯咕……！」

一記啃咬般的親吻朝我襲來。

我的嘴唇被他含住，舔過齒列，發出「啾嚕」的聲音吸上舌頭，我來不及抵

抗，那記親吻就像暴風雨一樣掃過。從一旁開過的車尾燈，讓我看見唾液在兩人之間牽起銀絲。

「你、你……！」

我們還在外面，說不定會被別人看見。我推開他的下巴，正要開口向他抱怨，藤丸就親上我抵著他下巴的手指，甚至親出聲音。

「～～唔！你……幹嘛……！」

我連忙把手抽回來。我想說著「你這傢伙」、抱怨幾句，卻被他那副苦惱地皺緊眉頭，求助似地注視著我的神情弄得倒抽一口氣。

「……我該怎麼做？」

他嘶啞著聲音說道。那道聲音聽起來帶著熱意，壓抑著從腹中湧上的情欲。我看見他還握著方向盤的手加重了力道。

「什、什麼……？」

「要怎麼做……你、你才會看向我……」

「…………」

「我該怎麼做才好？」

他注視著被嚇得說不出話來的我，並為了替湧上自己內心的那股情感命名，尋思詞彙。

「我……為你著迷……！」

「什……」

硬擠出來的這句話在我眼角餘光中，如帶著光澤的氣泡綻放開來。這種求愛方式宛如第一次嘗到戀愛滋味的青春期小鬼。

「——你要好好追求我。」

被他那雙大眼無助地望著，我不禁脫口而出。

「要了解對方的價值，也要讓對方明白自己的價值。」

「…………」

我明白，這是我多管閒事，但我停不下來。

「喜歡那個人的話，就要為對方著想，並顧慮人家的心情。對方不會主動營造氣氛和情境，你要做好準備。」

如果想讓心儀的對象愛上自己，男人至少——應該做出最大限度的努力。用盡所有話語、態度及行動，讓對方感受到自己被人愛著。如果無法讓對方認為跟自己在一起會幸福，就絕對不會被選中。

如果真的喜歡一個人，不想見到那個人被任何人搶走，就必須傾盡全力。

「我……我知道你很忙，也知道你從事的是很有價值的工作，並且認真地投入其中。光是看到你家，也能明白你的個性怕麻煩又懶散，但是……」

他想奪走一切的勇猛、孩子氣的煩躁、輕浮的態度背後蘊藏著的熱情，這些我都已經知曉。

他一專注起來就會看不到周遭，甚至會覺得別人很煩。一個人有不擅長的事物很正常，我並不是要他全部改善、做到完美，但是……

「但是……不要嫌談戀愛麻煩啊。」

那是我想做也做不到的事。因為我沒有勇氣，所以做不到。

藤丸也知道我那段戀愛的結尾有多空虛。

「你也替被人隨便求婚的我想想吧……」

藤丸蓮。

他既年輕又美麗，才華洋溢又富裕。

但就算他懷著不上不下的好感追求別人，也無法打動人心，無法讓人覺得可以飛奔至他的懷裡，因為他大概只會隨便抱住而已。

「…………」

只要看著藤丸沉默不語，屏息凝視著我的表情就能知道，他正在試著消化我說的一字一句，想理解我說的話。

「做出最大限度的努力，按部就班地走過每一道該經歷的階段。若非如此……」

說到這裡，語氣有些激動的我換了一口氣。

「——我不會選擇你。」

也太自以為是了，我到底在說些什麼啊？

真是太扯了，我無法理解。但當我看到他在眼前漸漸改變的模樣，我實在做不到阻止他這種事。

藤丸不知道何謂「喜歡」，因為他孤獨一人地生活太久了。

但是現在，他拚了命地掙扎、想要理解，包含本來輕視的戀愛本質，以及結婚不只是一種形式，還是愛一個人，並與那個人共度一生的意義……

「……你說你著迷於我？」

「那是……！」

「……嗯，那倒是……感覺……還不錯。」

「……！」

剛這麼說完，注視著我的藤丸臉頰轉眼間變紅了。

我解開安全帶，一把抓起自己的東西就下了車。按捺住想跑起來的心情，快步向前走。

「可惡，我到底在說些什麼啊……！」

六月上旬，夜晚的氣溫也變得十分溫暖。

然而本來應該感到微溫的晚風，吹拂到現在的我身上，卻覺得有些涼。

第4章

「我想當新娘。」

「井上，拜託妳，別再鬧了……」

那天班會結束之後，我走出教室時，井上把我叫住並對我這麼說。她一副堂而皇之的樣子，惡作劇似的瞇了瞇眼。

「妳該不會是找到對象了吧……」

確認一下周遭後，以防萬一，我還是小聲地問。結果她害羞地捧住臉頰，說著「呵呵，差不多吧」並妖媚地扭動身體。

等等，是哪個傢伙？已經在交往了嗎？我差點馬上問出口，但一想到我又不是她的父親，這麼問有可能會構成性騷擾，就把話吞了回去。

不過，井上交到男朋友跟她未來的出路完全是兩回事。身為班導，我總該說她一、兩句。我說出「聽好了，井上」做為開頭，但井上打斷我道：

「但是我寫好了喔，你看！」

她雀躍地這麼說，將之前還是一片空白的出路志願表遞到我面前。上頭確實寫著大學的校名及科系，內容也很完整。

「我跟爸媽討論過了，我們家算是放任主義，所以之前沒跟我聊過這些事情。但是啊，當我認真跟他們談起出路的事情後，才發現我爸媽其實希望我去讀大學。」

「這、這樣啊，那真是太好了……」

「所以說，我決定稍微努力看看，這也是為了當個稱職的新娘。」

我接下志願表之後，井上說了聲「拜拜！」，就踩著輕快的步伐消失在走廊的另一端。

「………？」

她的言行讓人難以捉摸。

在我的思考中，「找到了一個好對象所以要當新娘」跟「上大學」無法畫上等號。難道是她男朋友跟她說「想跟我結婚就要去讀大學」嗎？不行，我完全搞不懂。

「欸～椿老師。真凜說要去當新娘是真的嗎？」

「啊哈哈，她之前明明那麼喜歡椿老師。」

井上離開之後，在班上跟井上滿要好的兩個學生也來到我的左右兩側。右邊那個學生將裝飾得相當花俏的手機遞到我的眼前。

「老師你看，這是真凜的社群。」

「……？」

螢幕上顯示著井上假日時穿著便服在咖啡廳拍的自拍照，桌面上還擺著很上相的鬆餅。

乍看之下，是現在女高中生會上傳的普通貼文，但我左邊的學生說著「你看這邊」，伸手指向照片一角。仔細一看，照片裡有拍到一隻年輕男子的手，代表這張照片是她跟某個男人在一起時拍的。

「這絕對是她男朋友～～！」

「妳們跟她很要好吧？沒去問過她本人嗎？」

「咦～如果她真的要結婚，應該會跟我們說吧！」

她們這麼說完，就吵吵鬧鬧地離開了。

我茫然地目送她們離開，腦海中則淨是「她要結婚了嗎？應該不會吧，呃，但是——真的嗎？」這些得不到解答的疑問在不斷打轉。

「她都十七歲了。就算現在立刻結婚也沒有違法。」

「這不是重點。」

「既然她都說要去讀大學了，就代表她至少沒有懷孕。那一切都還好說吧。」

「唔……嗯，是沒錯……」

我在藤丸的公寓裡吃飯時，與藤丸聊到井上的話題。

大概是因為我之前曾多次跟他說過有個學生無法決定未來出路，只見藤丸打著呵欠說：「那很好啊。」

「她是個聰明的孩子，但是……這種讓人捉摸不定的地方很讓人擔心。」

「既然她的個性捉摸不定，那你就算說再多也沒用，別管她了。再說，你太照顧其他人了，把你陪學生的時間分一點來陪我啦。」

「……我陪你的時間已經夠多了吧。」

我今天做了高麗菜捲，當作時間稍晚的午餐。

都是這個家裡有這麼寬敞的廚房跟完善設備的關係，害我忍不住做了這麼費工的料理。一想到不管我做什麼，藤丸都不會有怨言，就算多煮了一點，他也會全部吃掉，我就能放心地做。

而且，用擺在電視旁邊的超大音響以超大音量播放「BALALAIKA」的歌，同時專注於料理之中十分紓壓。這是在我那個牆壁很薄的公寓內絕對辦不到的事情。

「所以說，你讀到哪裡了？」

藤丸家的沙發上堆滿了我借給他的書，那些都是跟相親活動或是戀愛技巧有關的書籍。藤丸答道：「一半左右。」

「有幫助嗎？」

「天曉得。不過，你想說的意思我懂了……應該。」

他本來那麼輕視戀愛，願意空出時間看書就是一大進步了。

我稱讚他一句「很棒」，藤丸就露出複雜的表情。他好像不太喜歡我表現出像老師的態度。

「我吃飽了。」

藤丸吃完飯後站起身來，好像要在工坊裡再工作一下。然而，跟平常不一樣的是，他又補上了一句話。

「今天的菜也很好吃。」

「……你怎麼突然這樣講？」

「不是突然想講，我一直都是這麼想的。謝謝你。」

「是書上有寫嗎？說總之先稱讚就對了？」

「書上有寫，說要把感謝化作言語，而且要在當下就傳達給對方。」

「……」

我的心情有些複雜。受人稱讚或感謝當然不會覺得不開心，但那個像由囂張化身而成的男人這樣表現出乖寶寶的樣子，讓我覺得有些肉麻。

我會在這裡煮飯給他吃，就代表他也會繼續參加相親。到了晚上，我跟藤丸就會好好打扮一番，去參加相親派對。

最近這段時間，藤丸開始會穿自己買的白襯衫及灰色薄西裝外套了。雖然沒有花很多錢，但他也買了一雙新的皮鞋。

還有髮型也是，儘管他依然留著一頭令人厭煩的長髮，但他把後面受損的眩目金髮剪掉之後，變得清爽多了，髮色也換成帶點暗灰、沒那麼亮眼的金色。多虧於此，他整個人看起來比以前沉穩了些，也像個成熟的男人。

「工作進度怎麼樣了？」

我對在玄關穿皮鞋的藤丸背影問道。

我說的工作，指的是北斗跟他新婚妻子的禮服，他這幾天好像都窩在工坊裡工作。就日程來看，差不多要進入最後收尾的階段了。

「我這邊很順利。你呢，沒問題嗎？」

「說什麼蠢話，那可是北斗的婚禮，我當然做好了萬全的準備。」

雖然還有好一段時間，但我已經把唯一一套高檔西裝送去洗了，做為朋友代表致辭的內容也毫無破綻。我當然不太擅長在人前說話，但要裝出冷靜的態度還是小事一樁。

舉辦的地點位於東京都內，是以遼闊的庭園做為賣點的婚禮會場。以北斗的人望來看，應該會有很多人參加，還會有雜誌來採訪，屆時想必會舉辦得相當氣派。

我確實有點心痛，但現在重要的是接下來的相親派對。離開公寓之後，數不清這是第幾次了，我一如往常地與藤丸並肩走向車站。

「欸，這麼說來，最近冰箱裡都沒出現什麼東西耶。她們都怎麼了？」

今天也是這樣，最近都沒有人把隨便買來的食材放進冰箱裡了。雖然苦惱要如何處理現有的東西也別有一番樂趣，但沒了這個困擾之後，做起飯來自在多了。

「不會再來了。」

面對我的疑問，藤丸若無其事地回答。

「我說我有真心喜歡的人之後，她們對我說『好好加油喔』就走了。」

「啊…………？」

我不禁停下腳步。

走在前方幾步之遙的他也跟著佇足，回頭看我。

「怎樣？」

「沒、沒事……」

真心喜歡的人該不會是指我吧？雖然很想這麼問，不過也不必多此一舉，應該就是了吧。我知道他的心意，但突然聽到他說出口，還是會不禁心跳加速。

搭上電車之後，我們朝位於新宿的派對會場前進。那是一間燈光昏暗，裝潢奢華且很有氣氛的酒吧。藤丸在櫃檯寫下名字時說：

「反正不管參加多少次，結果都一樣。」

「……不一定吧。」

看來藤丸依然會在最後的投票階段寫下我的號碼。

派對開始之後，我跟藤丸隔著一段距離坐下，這是為了讓我們不去注意彼此的存在。即使如此，美麗的他在會場內還是格外出眾又引人注目，甚至會讓人覺得在一群人裡，只有他被打上了聚光燈。

遠遠看著藤丸挺直背脊的身影，那不以為意的表情依然美得像陶瓷人偶。

不知道是受到我的說教還是指南書的影響，他已經可以毫無窒礙地跟女性交談了。甚至還能從他身上感受到從容，跟當時無趣地抖腳的他相比，簡直判若兩人。

只要打扮得高雅一些，並學會紳士的行為舉止，這個男人就會更加耀眼。說不定他正一步步成為一個毫無破綻的完美男人。

「…………」

這麼一想，我吞了一口唾液。

這個男人說他著迷於我，想跟我結婚？甚至跟那些把胸罩丟在他家的女人斷絕連繫了？

我能看出此時在會場內的女性們，視線都自然而然地被藤丸吸引過去。在這些女性中，應該會出現足以動搖藤丸那分心意的人才對。

這也是我所期望的結果——真的嗎？

「…………」

我將送來的香檳拿到嘴邊，或許只是為了掩飾自己模糊不清的心情而已。

「——你為什麼要喝？」

我回他一句「我不知道」後，藤丸嘆了一大口氣。

派對結束後，我在會場外頭跟藤丸會合。雖然不至於站不穩，但身體相當沉重，就像建築物的牆壁緊緊貼在背上一樣，臉頰很燙，腦袋還暈呼呼的。無須多言，這都是酒精造成的。

「你是不是壓力很大啊？」

「為什麼這麼說？」

「你不太能喝酒吧。你也知道自己喝了半杯就會變成這樣，所以只在這種時候才會喝酒。」

「…………」

我心想，講得好像你很懂我一樣。然而，我們一起參加過那麼多次相親活動，一起吃過好幾頓飯，共度了很長一段時間，會像感情要好的朋友一樣了解彼此也是理所當然的。

與藤丸相對的另一頭，有幾位女性參加者在觀察我們這邊的情況。雖然沒有配對成功，但她們都想跟藤丸打聲招呼，可以從她們閃亮的雙眼中看出這樣的心情。

「回去吧。」

然而藤丸直接拉過我的手，絲毫不在意她們投來的視線。他把我推進計程車之後，我還以為他要讓我自己回家，但他也跟著坐進車裡。計程車駛動後，那群女性站在路邊，有些遺憾地目送我們離去。

隨著車子的晃動，我靠上藤丸的肩膀，一股難以言喻的愉悅感從心底湧上。感覺自己的個性很扭曲，讓我感到厭惡。

藤丸的手放在我們之間的座椅上，他手背的骨節及青色血管清晰可見。我想觸碰他的骨節而伸出手指，頓時又逼自己收回手，並想著自己應該醉到更神智不清才對。

被帶回藤丸的公寓之後，他讓我躺倒在床上。

「嗯、嗯……！」

藤丸含住寶特瓶內的水，並把嘴唇壓上來，水便流入我的口中。雖然沒有吸吮舌頭時的情色感，但他的薄唇還是像要擦過我沾溼的嘴角般，輕吻著我。

我承受著他的吻，並嚥下他餵給我的水。我茫然地仰望著在頭頂上發出眩目光線的吸頂聚光燈，開口道：

「為什麼是我啊…………」

「……」

坐在床邊的藤丸沉默地俯視著我。

這是自從第一次跟他接吻之後，就一直在我身體裡流竄的疑問。

我既沒有什麼特別之處，相當平凡，也沒有長得特別好看。雖然會做家事，但只是生活中必須會做的程度，無法稱為專業。而且講話不中聽，又因為愛面子而喜歡裝乖。

他本來應該跟誰結婚都無所謂，卻選擇了我……我一直以為他總有一天會離開我，但至今已經過了多久？

「椿先生……」

藤丸那白皙又骨感的手指撥開貼在我額頭上的瀏海，撫摸我發燙的臉頰。他喊著我名字的語氣，跟他平常不悅的感覺不一樣。

「我從真崎先生那邊，聽說了一些關於你的事情。」

「北斗說了什麼……？」

「他很讚賞你喔。既積極又努力，任何事情都難不倒你，是個很厲害的傢伙。」

任何事情都難不倒我啊……我在內心自嘲。既然在北斗眼中我是這樣的人，我的努力就有了回報。然而，藤丸卻皺起柳眉。

「——但是，你都不笑。」

「…………」

我花了整整五秒，才理解藤丸這句話的意思。

「他說，不知道是從什麼時候開始，你都不笑了……」

「……說什麼傻話，我就連笑容都很完美。」

既然是要展現給北斗看的表情，那更是如此。我連笑聲跟小動作都十分注意完美。

然而，我的聲音卻因動搖而顫抖，畢竟我知道藤丸沒必要對我說這樣的謊言。

「你自己也知道吧？他不是這個意思……」

我仰望著他那線條分明的輪廓，咬緊了下唇。我不想知道。我在北斗面前，無論何時都是面帶微笑的才對，這十四年來都做得很完美……

「欸，我說你啊。我們相遇的那天，你說在生活中不會發生這麼開心的事情對吧……」

「…………」

「我當時覺得……」

藤丸噘起了嘴，那表情看起來不太開心，又有點難為情。但他現在的這張表情是在掩飾害羞的情緒，我已經能看出來了。

「能讓你……能讓這個人開懷大笑的，該不會只有我吧？」

「什……」

「這個人是不是只有我而已……」

所以他才會對我求婚嗎？

在那一晚，那個瞬間，只是因為這樣，這個說過任誰都好的男人便選擇了我？

「…………」

我不斷尋找可以回應他的話語，可是分崩離析的思緒無法統整在一起。我原本想說些什麼，結果還是沒有說出口。

就算跟他相處了這麼久，我還是完全無法習慣，也無法理解他的思維。跟他怕麻煩的個性一樣，他的思維也是漏洞百出。

但是，就算我喝醉了，我也明白那些話並非謊言，更不是隨便胡扯的話。畢竟我們像朋友一樣，共度了那麼長一段時間。

房間內很安靜。藤丸俯視著我，纖長的睫毛顫了顫，一雙大眼眨了眨。

「我喜歡你。」

他最後說出口的話，帶著一點緊張的聲音，讓我內心深處怦然作響。

如果會想看到那個人的笑容，那肯定就是喜歡上那個人了——這是北斗告訴我的。他只以此為指標，找到了自己的「喜歡」。

「我想，這就是喜歡……」

「啊…………」

他彎下腰，俯下臉，一記親吻落在我的眼皮上。他隔著衣服撫摸我的腰際，然後「咻」的一聲抽掉皮帶。

「……不、不行。」

勉強發出的聲音無助又沙啞。襯衫的釦子被解開了幾顆，藤丸的大手撫過我帶著自然捲的髮間。

糟了，不行，要是就這樣隨波逐流，又會……

我緊緊閉上雙眼，在那片黑暗深處閃耀光芒的，是於那一晚被灌入的歡愉記憶。那個時候，醉意及失戀讓我自暴自棄地交出自己的身體，他的身影與北斗重疊在一起。但是，現在要是再一次接受他，就會——

可是，與我的焦躁相反，藤丸低喃一聲「晚安」之後，在我的額頭側邊留下一吻。

「…………」

他抽離身體。不知道是不是打算繼續工作，只見藤丸關掉起居室的燈，消失在深處的工坊之中。

「什……」

我茫然地仰望昏暗的天花板好一陣子，心臟跳動的聲音「怦通怦通」地在耳邊轟隆作響。

按部就班地踏過每一道該經歷的階段——藤丸遵守了我叮囑他的話。他要是現在推倒了我，我一定又會隨波逐流，而且，這次一定不會把他當成北斗——

「…………！」

我站起身，抓起自己所有的東西離開他家。

我走出公寓，為了攔計程車，快步朝大馬路走去。

「呼、呼……」

帶著溼氣的初夏晚風吹拂而來，被他親吻過的額邊卻依然發燙。動搖的心情讓我感到暈眩，雙腳也不聽使喚。

天啊、天啊、天啊！

這在全身上下亂竄的情感是什麼？是難堪、膚淺，還是羞恥？我不知道，但其實知道，而且不僅如此，騙人的吧——我居然心動了。

「…………！」

藤丸開始「談戀愛」了。

漸漸改變的美麗男子完全沒學到教訓，又心繫著我，將第一次說出口的「喜歡」給予了我。

我不禁感受到一股教人渾身顫抖的狂喜，從腳底竄上心頭。

當今這個時代，相親的形式不僅限於參加派對。

現在也有很多人會把俗稱交友軟體的應用程式，當成認真尋找伴侶的方式，成婚的機率也不容小覷。

我決定跟在上面認識的三位年紀相仿的女性見面，而且在短短幾天內就敲定了午晚餐約會的行程，因為我十分焦急。

我知道藤丸在好一段時間內，應該都不會對任何女性動心，所以我要是沒有找到對象，跟他之間的關係就不會結束。

因為我有先選擇某些條件，所以在交友軟體上認識的三人都是很出色的女性。

但是，明明都很聊得來，卻沒有契合的感覺，跟參加相親派對時一樣。跟她們道別之後，我都會累到覺得身體很沉重。

我也開始考慮是不是差不多該去婚姻介紹所了，可是得花一筆錢才能入會，讓我感到卻步。不過我有找到一間介紹所可以免費諮商，於是決定去那邊看看。

在狹小的隔間裡，我跟一位女性諮商師相對而坐。感覺十分親切的她很專業地站在客觀立場，向我說明我的條件在現在的相親市場上大概會是什麼情況……

「並沒有什麼不好的地方，應該會有許多女性想與您見面。」

她做出這樣的結論。然而已經有些疲憊的我，無法判斷這句話的可信度有多高。

「請問您想找什麼樣的對象呢？」

她向我問道。

說起我的擇偶條件，數量是多到教人厭煩。我喜歡年紀跟我差不多，知性又沉穩的人。外貌普通程度就好，但穿著打扮和言行都要正經、有規矩——然而，我在雙腿間重新交握住雙手，做出這樣的回答：

「……相處在一起時，不會讓我覺得喘不過氣的人。」

我對於突然說出這種話的自己感到驚訝，抬起頭來。對方在問的，是更加具體的個人條件。

「啊，不，剛才那是……！」

「會這麼回答也不奇怪，畢竟是要一起生活的對象。當然還是選擇可以不用勉強自己，能自在共處的人才好。」

「咦……」

她大概是覺得我在緊張吧。只見她露出柔和的微笑，用溫柔的語氣繼續說：

「能夠說出自己的真心話，而且不會勉強彼此……」

我在相親派對上不管認識什麼樣的女性，臉上總是戴著笑容面具，「扮演」一個恰到好處的男人，跟那些在交友軟體上認識的女性吃飯時也一樣。畢竟是面對初次見面的對象，無論如何都會感到緊張，所以多少感到不太能放鬆或是疲憊也是無可奈何。

——不，不對。

我總是在扮演某個角色。扮演北斗完美的摯友、扮演有點帥氣的老師，扮演安全牌。

我是自願這麼做的。因為如此一來，我能感到安心。

「…………」

一直以來，我都是這麼做的。

但如果那會讓我喘不過氣，那我何時才可以好好呼吸呢？

＊＊＊

這個假日，我比平常都還要早起。

打開窗簾，窗戶外頭是很適合我摯友婚禮的晴朗天氣。我從收納架上抽出一片能振奮心情的CD，用勉強不會影響到鄰居的音量播放音樂。稍微吃過早餐之後，開始打理自己。

我穿上我唯一一套較為高檔的黑色西裝。已經有大概一年沒穿過這套衣服了，腰部變得有些寬鬆。我久違地站上體重計，發現自己在不知不覺間掉了三公斤。

將剛剪好的頭髮抓出造型後，我站到鏡子前確認儀容。確認過包包跟鞋子上都沒有髒汙之後，我總算走出家門。

在我走向車站的途中，一臺白色廂型車在我身邊停了下來。車窗打開，只見藤丸穿著讓我看不慣的西裝探出頭來。

「椿先生，上車。」

「你在這裡堵我嗎？臭跟蹤狂。」

雖然這麼抱怨，不過，反正我們要去同一個地方，既然他要載，我也樂得輕鬆，於是我坐上駕駛座。

藤丸有稍微整理過頭髮，身穿灰色西裝搭配粉紅色襯衫，再加上銀色領帶及皮鞋。這樣的打扮確實很適合他，但是太自由了一點。我說了一句「太不符合禮儀了」，他便回道「我是故意這樣穿的」。

「你為什麼要來接我？還特地開車出來……」

新郎新娘的禮服應該昨天就送去會場了，而且停車場的空間有限，所以搭電車前往才符合禮儀。但我朝後座一看，後面堆著好幾個白色盒子。

「因為還有東西要送過去，我就順便來載你了。」

「是喔……呃、喂，等等，你是要去哪裡……」

藤丸轉動方向盤，車子快要抵達婚禮會場了，他卻開向偏離目的地的路線。藤丸只對我說了一句「有點事情要處理」。

車子最後停在會場附近的飯店內，而且還是對我來說沒什麼機會能踏入的高級飯店。當我出神地看著奢華的室內裝潢時，藤丸說著「幫我拿」，就將一半的白色盒子交到我手上，依然搞不清楚狀況的我在藤丸的引領下走進一個房間內。

「這是你訂的房間嗎？要幹嘛？這不是要拿去會場的嗎？」

「你把那些盒子放到床上。」

寬敞的房間裡放著一大張雙人床。

我照著他的意思把東西放到床上後，他簡短地說著「那麼」做為開頭，之後站到我的正前方說「把衣服脫掉」，讓我愣在原地。

「……你、你是不是在想什麼奇怪的事情……」

「你給我的書上有寫，在關鍵時刻送個費心的禮物或是驚喜會很有效果。」

「啊？」

「但不管想送什麼，我們除了音樂以外，其他興趣都合不來，所以……」

我完全無法理解他的意思，但藤丸也不管我，逕自從堆在床上的盒子中，打開最大的一盒給我看。

「我就為你做了這些。」

收在裡面的，是一套西裝。

攤開來一看，這套西裝的顏色比深藍色更亮眼一點，十分華美。一眼看去會覺得是標準的款式，但仔細一看，會發現只有領口的部分用不同的布料，做了反摺的設計。

「你說這是你做的……」

設計有點花俏，不過勉強算是標準款式，同時還加了一點玩心。這是他在百忙之中為我做的，我總不能白費他這番心意。

「我想了很多，但最後還是覺得自己只能做這個。」

「為、為什麼……」

我這麼一問，藤丸噘起嘴來。

「這就是我的價值。」

「……」

我確實說過，要好好地追求、了解對方的價值，也要讓對方明白自己的價值。

這套西裝不同於花俏的他做出來的氣派作品，是原本就打算給我穿的服裝。與此同時，做衣服這項特技，也是他想表現自我價值的一大重點。

「再說了，你可是要去參加那個真崎先生的婚禮。從他的職業來看，想必會有一大群打扮華美的男女齊聚一堂，還會有雜誌來採訪，怎麼能讓你這個摯友穿著那麼樸素的黑色西裝去參加。」

藤丸一講完，就催促我說「好了，快點脫掉」。我雖然有提早出門，但也沒時間可以拖拖拉拉。在這番催促下，我順從了藤丸的意思。

這個飯店房間內擺放著一面大型三面鏡，或許是藤丸請人準備的。他從其他盒子裡接連拿出襯衫及袖釦，就連領帶及鞋子等配件都有。而且每一件衣物的尺寸都像吸附著我的肌膚般合身，我憤恨地說了一句「好噁心」。

「我有說過，我沒忘記你的身體吧。」

「……！你啊……」

實際將西裝外套穿上後，這身深藍色沒有想像中的那麼高調，還跟我的膚色很相襯。看著自己這身優雅沉穩的行頭，很難想像是喜歡花俏服裝的藤丸搭配出來的，讓我體認到他果然是個專家。

「我、我這樣穿會不會太浮誇了啊……？」

我問道。這帶有時髦感的設計讓我有些害羞。

藤丸從我身後探出頭來，看著我倒映在鏡子上的模樣，說著「才沒那回事」，輕輕搖了搖頭。

「這可是真崎先生的重要舞臺，你要在這時展現出人生中最帥氣的時刻啊。」

他說著「這樣就大功告成了」，替我調整領子及領帶，並開始確認褲頭的鬆緊度跟褲子的長度。

「……哪裡平凡了，你明明就很帥氣。」

藤丸平靜地說。聽起來不像在開玩笑。

我注視著倒映在鏡中的自己的臉。眼尾下垂的雙眼皮及高挺的鼻梁，我知道自己的外表並不難看，但被人這樣明顯地奉承，我不禁露出自嘲的笑容。

「是靠髮型跟服裝營造出帥氣的感覺罷了。」

「身材也很好，很纖瘦。」

「我是吃不胖，如果沒有好好吃飯，馬上就會消瘦過頭。」

「白皙的肌膚很漂亮。」

「是看起來病懨懨的吧……」

雖然沒有像弟弟那麼嚴重，但我的身體從小就不強壯。到現在還是每年都會重感冒好幾次。

「欸，你從剛才開始是怎樣？很肉麻耶。」

「我在追求你。」

藤丸很乾脆地這麼回答。隔著鏡子對上眼後，他的嘴角揚起微笑，得意洋洋地繼續說：

「你也說過要了解對方的價值，所以我就像這樣一一指出你的優點。說了那麼多了不起的話，你卻是最不了解自己價值的人。」

他牽起我的手，替我扣上袖釦。在這段期間，我依然僵著身體面對鏡子。

「雖然愛面子又很會說教，但做人正直又很會照顧人、待人溫柔……對我這種人也是。」

「藤丸，我……不像你說的那樣……」

我對他露出困惑的表情。我既平凡又一無所有，不是嗎？

「而且，你總是很努力。」

「那是！那是因為我對自己……沒有自信。」

我會不斷責怪絕對無法變得像北斗那麼完美的自己，也對於不具備任何技能的自己感到自卑。

每天都想著「我得再更努力一點才行」，不斷奔跑，就連咧嘴大笑的時間都沒有。

「但像這樣一直努力不懈的你，是最可愛的。」

「我才不可……」

「對我來說，很可愛。」

他要怎麼看待我是他的自由。我想不到該如何反駁，就閉口不語。

我希望得到別人的認同或是注目，不斷奔跑至今。然而，無論我付出多少努力，都不願意認同我，又持續否定自己的人，正是我自己。我告訴自己這樣還不行，這樣還不夠，要再跑遠一點——但是，終點在哪裡呢？

我既平凡，又一無所有。

但我沒必要連自己累積至今的努力都全盤否定吧？

不是別人，就連北斗都認為我是他的摯友了。藤丸還說出這樣的我很可愛這種蠢話——

「今天就是你的努力集大成的日子。」

我努力了十四年，將在今日告終。

藤丸將我的雙肩往後拉，輕輕拍了拍我的背。我挺直背脊，自然地挺起胸膛。

與鏡中的他一對上眼，就能看到那雙眼睛裡閃耀著欣喜的光輝，那是在欣賞美麗事物的目光。

「笑一個吧。」

聽到他這麼說，倒映在鏡子裡的自己便露出了微笑。

那是為北斗揚起的，最漂亮也最完美的微笑。

＊＊＊

這處位於代官山，去年才剛落成的婚禮會場，有著柔和陽光灑落其中的庭園式禮堂，四周被美麗綠林所環繞，令人難以想像是位處都會區。整體設計古典又高雅，最多可以容納一百二十人的宴客廳十分寬敞，相當受到成熟情侶的歡迎。

來到這個會場採訪真崎夫婦的，是在三十歲女性之間有著高人氣的時尚雜誌，會跟會場特輯一併介紹「Fizz」提供的婚禮策畫，以及由「Balalaika」設計的服裝。採訪的工作人員有向大家說明可以盡量放鬆心情，不用太過在意攝影機，就算照片拍到一般賓客，也會打上馬賽克。

在櫃檯完成登記之後，我便跟學生時代的朋友們會合，在遠離藤丸的地方就座。我看到藤丸在會場的角落接受了採訪，還拍了幾張照片。畢竟他長得很上相，所以會讓他在雜誌上露臉的樣子。

初夏的陽光灑入庭園式禮堂之中，有些眩目，不過綠林環繞於四周且通風良好，就算氣溫有點高也讓人覺得涼爽。

地板是由白色大理石鋪成，紅毯下則是一整片玻璃，玻璃底下的水池還有花瓣漂浮著，也難怪會有女性雜誌來採訪。

不久後，婚禮即將開始，這也是宣告我的單戀將要結束的時刻。

北斗現身在紅毯的彼端。

那高挑勻稱的身材、修長的四肢，都包裹在藤丸做的白色燕尾服底下，搭配著清爽的淺藍色。

這是我至今見過最為美麗的北斗，任何模特兒或演員都比不上，簡直就像童話故事中的王子殿下，遙不可及——我坦率至極地這麼心想。

接下來，面帶笑容的新娘與她的父親一同現身時，新娘那邊的賓客發出興奮的歡呼聲。這讓她露出潔白的牙齒，害羞地笑了起來。

純白的結婚禮服是簡潔的經典公主裙設計，讓人覺得十分清爽。繡進禮服中的亮片散發七彩的光輝，隨著灑落的陽光，反射出不同的色彩。

露出燦爛笑容的北斗在另一頭等著她。新娘每走一步，裙襬就會搖擺彈起，就像在雲上唱著歌、踩著小跳步一樣。

我不懂禮服。

但那應該不是在不懂何謂「喜歡」，不懂得結婚意義時做出來的禮服。我能從燕尾服的袖口，以及婚紗的裙襬中看到其迸發出來的祝福。

看到這樣的成品，還能說出那種話嗎？還能說藤丸蓮是個什麼都不懂的傢伙嗎……

我感覺就像在看電影一樣。他們相視而笑，交換誓約之吻。那幅美麗的景象甚至讓我覺得自己單戀他的這些年如夢似幻。

這十四年來，我大概都身處夢境之中吧。

聽到他要結婚的時候，我沒辦法坦率地祝他幸福，也責怪過沒能把握住他的自己。但奇妙的是，現在的我卻能覺得自己做的那場夢，絕非一段惡夢。

新郎新娘一起從禮堂中退場，我目送著兩人離開，跟大家一起送上盛大的掌聲。白色及粉色的花瓣在空中飄落飛舞，這時，僅僅一瞬，我跟坐在自己身後好幾列的藤丸對到了眼。

「…………」

藤丸替真崎夫婦做了這套禮服，無疑是為了看到他們兩人的笑容。

那麼，我的這套西裝呢？又為何要告訴我那麼多關於我的「價值」？

無論是強調我的價值，還是贈送禮物跟驚喜——都是替我設想，讓我今天能像這樣站在這裡嗎？

每當我看到自己深藍色的華美袖口時，都會這麼想。

今天是我人生中最完美的時刻——

「——接下來，請新郎高中時代至今的朋友椿先生，為新人送上祝辭。」

婚禮結束之後，所有人來到緊鄰禮堂的宴客廳。

女性司儀透過麥克風說完，終於輪到我上臺了。我在麥克風前行了一禮，接著轉身面向新郎和新娘，緩慢且有禮地鞠了一躬，抬起頭來，就跟北斗那雙宛如會滴出蜂蜜的溫潤大眼對上視線。

我對他回以一抹一如往常的微笑。我的心情十分平靜，但也不是沒有感受到一絲痛楚。

即使如此，穿不慣的這身美麗深藍色西裝，還是讓我挺直背脊，挺起胸膛。

我此時感受到的情緒並非緊張，淺淺呼出了一口氣。在我的人生當中，有哪一天是能像現在這樣平穩呼吸的嗎？

從北斗背後看到的那片美麗夕陽，我至今還記憶猶新。

自還不懂愛情的那天開始，我花了十四年的歲月，如作夢般單戀著北斗。這番戀慕之情造就了現在的我。

缺乏自信又愛面子，還是個完美主義者。不但愛說教，還一本正經，是個死腦筋的老頑固。

但是，竟然有個奇怪的傢伙說這樣的我可愛。

「──」

我緩緩吸了一口氣。

長年以來的單戀結束了，我的心情卻海闊天空，再次對北斗投以微笑。那跟平常佯裝從容的表情不一樣。

這大概是北斗從來沒有看過的笑容。

「──椿。」

宴會結束之後，新郎新娘在會場的出入口目送賓客離開。我留到最後，要離開會場時，北斗叫住了我。

「椿，今天很謝謝你，你的致辭也超完美的。」

「你要迷上我了嗎？」

「哈哈，我早就迷上你了，沒有哪個男人像你這麼完美又帥氣啊。」

我回他一句「那是我的榮幸」後，北斗也輕笑出聲。

接著，他將婚禮期間新娘拿著的白色鮮花花束遞給我。

「所以，這個給你。」

「啊……？」

「你收下吧，這是我拜託她讓給我的。因為我有個無論如何，都希望他幸福的人……」

「……但是……」

這不是我這個男人可以收下的東西吧。雖然想拒絕，但就連這段單戀已經結束的現在，我依然無法回絕北斗的請求。他說著「收下啦」把花束推過來，我也不禁收下了。

北斗心滿意足地揚起微笑，用那雙大手抓住我的肩膀。他將臉湊過來，在我耳邊說：

「蓮做的禮服跟燕尾服都很完美。」

「！這樣啊，那就太好……」

「這都要歸功於椿。」

「咦？」

「椿，我衷心祝福你，希望你可以跟一個能讓你安心的人得到幸福。」

我不懂他的意思，愣在原地時，北斗的嘴唇輕輕碰了一下我的額際。那不同於藤丸的薄唇，既柔軟又澎潤——

「——喂！」

這時，我聽見背後傳來一聲怒吼，我的身體就被往後拉去。我喊了一聲「哇啊！」，腳步踉蹌，但有個人撐住了我的背，是一臉不爽地噘起嘴的藤丸。

北斗露出柔和的笑容，朝我們揮了揮手。怎麼了？這是怎麼回事？但我還來不及細想就被藤丸抓住了手，帶到會場外一處杳無人煙的地方。

「幹嘛啊？喂，也不用這樣把我拉走吧！」

「…………！還不是你……！」

他激動地怒吼，結果還是將沒說完的話吞回肚裡，嘆了一大口氣。

「……唉，你有要去續攤嗎？」

「那、那當然，我可是北斗的摯友耶，當然要去。」

「還要多久才會開始？」

「嗯？喔……這個嘛，還要兩個小時左右……」

這麼回答後，眼前的藤丸「嗯」了一聲，對我張開雙臂。

「……幹嘛？」

「我想你差不多想哭了。」

「啊？所以你這是要我在你懷裡哭的意思嗎？」

「…………」

「說什麼蠢話……」

為什麼呢？

無論是在婚禮進行時，還是宴客的期間，我都沒有哭。

然而，在藤丸率直地注視著我的視線下，我的腦袋變得一片空白，感受到淚水從眼球後方湧上來。

「嗚……！」

——這是我不停忍著的眼淚。在北斗面前，我從來沒有哭過。

直到今天，我都貫徹了這分倔強。

「椿先生……你不用再忍耐了。」

聽到他溫柔地這麼說，忍耐著的眼淚一顆顆滾落，滑過臉頰。

雖然無法讓北斗喜歡上我，但他今天說的那句話，讓我覺得這十四年來的努力都有了回報。

那是一段猶如身處夢境，又萬分痛苦的人生。我認真努力，就連片刻都不放過自己，為了不惹任何人厭惡，擠出笑容一路奔跑，甚至忘了呼吸。這樣的人生就在今日告一段落，從這裡踏出一步後，就是嶄新人生的開端。

可是神很壞心眼，在這麼重要的人生起點，我一度討厭得要死的男人就站在眼前。他行事高調、脾氣差，還是個輕浮的玩咖——但也是個會說我努力的樣子很可愛的怪人。

我踏出使不上力的雙腳，搖搖晃晃地走到他身前，他的雙手就攬過我的身體，意外溫柔地緊緊抱住我。我感受著這分溫暖，眼淚便停不下來。

「嗚、嗚……！嗚嗚……！」

我環上他骨感的背部，使勁抱住他，他也用相同的力道回抱住我。這股力量十分溫柔地沁入我傷痕累累的心裡。

「……嗚！」

我將臉埋在他的肩頭，吸了一大口氣。

光是如此，就足以察覺到自己的心意了。

「欸，椿先生。」

「嗯？」

「我可以親你一下吧？」

真是個精明的傢伙。

我忍不住「呵！」地笑出聲音，藤丸的肩膀便搖晃起來。因為他也笑了。

「……」

我抬起頭，從淚溼的視野中看到藤丸的那雙大眼正凝視著我。先是鼻尖相碰，嘴唇接著湊過來。我輕閉雙眼，等著唇瓣相貼。

不管是老大不小還大哭出聲，還是咧嘴開懷大笑，在這傢伙面前都無須任何矯飾。這時的我既不是北斗的摯友，也不是帥氣的老師。

就只有在藤丸蓮的面前，我可以成為最真實的自己。

就只有在他面前……

我才能好好地呼吸。

＊＊＊

「最近蓮的狀況很好呢。」

「咳、咳呃！」

「你還好嗎？」

北斗突然拋出關於藤丸的話題，讓喝著拿鐵的我嗆到，北斗就幫我拍了拍背。

婚禮結束後過了幾星期，時節來到氣溫一口氣飆升的七月下旬。今天是學校剛放暑假不久的某個假日，北斗說想給我看看刊登在雜誌上的婚禮報導，於是約我到新宿吃午餐。

聽北斗說，這陣子藤丸工作時的專注力相當驚人，北斗敲定的截稿日都還沒到，他就接連完成一份又一份的設計稿，而且稿件的品質都相當高，原本陷入瓶頸的部分也輕鬆過關。不僅如此，還充滿了他的風格，十分有創意。

「他完全進入了無敵狀態。直到不久前，他不僅陷入了瓶頸，氣勢也有些消沉對吧？現在的他卻變得很有企圖心，還說工作很快樂，彷彿之前都是假象。除此之外，他還說想再多設計幾款男士西裝及燕尾服。」

「這、這樣很好啊。」

雖然我對北斗的戀慕之情已經消失了，但雜誌上的北斗依然很帥氣，所以我下定決心，回家時要去買下這本雜誌。

雜誌中以「嶄露頭角的年輕型男設計師」做為標題，花了一大篇幅介紹了藤丸。北斗說他往後應該會遇到更多需要露臉的工作。

這肯定是一件值得開心的事情。但藤丸像這樣出現在印刷刊物上，讓我覺得他的存在有點遙遠，更加體認到我們身處的世界不同。我無法再繼續看那一頁，最後沒有仔細讀過報導就翻過去了。

一想到今後像這樣透過媒體看到藤丸的身影時，或許就會陷入這種情緒當中，我就嘆了一口氣。

我不得不承認自己的感情，已經不可能再繼續裝作什麼都沒察覺到了……

我喜歡沉穩又知性的人，而且年紀比我小六歲也不在我能接受的範圍內。可是，最重要的是一旦動心，就算羅列出再多「條件」都毫無意義。這已經是沒辦法再蒙混過去的事實了。

我們接吻過很多次。然而，只有那天接吻時的溫柔觸感還殘留在我的嘴唇上。因為那個吻不是由他奪走、由我接受的，而是我自己主動送上的吻——

藤丸變了。他開始打扮自己，從零開始學習談戀愛，並如實實踐給我看。因為我說過，若非如此，我就不會選擇他。

我覺得那樣拚命努力的他、盡全力將自己的誠心展現出來的他很可愛。

而且，他現在是個成熟的男人了，還能在相親派對上吸引眾多女性的熱情目光。

「…………」

他要是再對我說一次喜歡，我或許能順勢答應他。不對，這樣會不會太狡猾了？但事到如今，我該怎麼主動開口？

「椿，你的相親進行得怎麼樣了？」

我的腦筋不算聰明，既然對藤丸抱持著好感，那再跟其他女性見面也沒有意義吧。單戀北斗的這十四年來，已經證實了這件事。不知道該怎麼回答的我，不禁含糊不清地說：「我也不曉得……」

「感覺你沒什麼自信呢。」

沒自信、嗎……

藤丸說他喜歡我，不但向我求婚，也為我付出了很多。我也察覺到自己的心意，主動吻了他——但這分心意還無法傳達給他。

我們應該是兩情相悅，但我也不對這段還不穩定的關係抱有自信。

離開餐廳之後，我們到處逛逛，選購北斗的新家要用的家電。在婚禮結束不久後的九月，他們將搬去新家。

我想要送他們一個新婚賀禮，並強力推薦壓力鍋，北斗便傷腦筋地笑著回答「我去問問妻子的意見」。從認識這麼多年的朋友口中聽到「妻子」這個詞，也讓我有股害臊的心情。

跟北斗道別後，我走過「Fizz」的展示櫥窗前，看見裡頭的婚紗換成了新的作品，多放了兩個假人模特兒，都身穿掛著「Balalaika」牌子的婚紗。

婚紗依然採用引人注目的設計，但不再帶有近乎強烈的攻擊性，取而代之的是淡淡的個人風格，寄宿在那白色布料的每一處角落。

它們擺在知名品牌「Fizz」的婚紗中也絕不會格格不入，看起來一點也不像藤丸的風格，是兼具經典與高雅的禮服。

藤丸的工作進展得相當順利。

他之前為不理解結婚的本質而苦，但他現在已經懂得何謂「喜歡」，也學會談戀愛了，他能抱持著為他人著想的心情做出婚紗了。

就當作北斗說得沒錯，這件事歸功於我好了。

那麼，他再也不需要我了吧？我對倒映在櫥窗上的自己自嘲。藤丸都列舉出那麼多項我的價值了，即使如此，我依然對自己沒有信心。

「——？」

就在這時。

玻璃倒影中的自己背後，好像有一道很眼熟的人影走了過去，我連忙轉頭看過去，隔著道路的另一邊有個戴著花俏鴨舌帽的人——是藤丸。

「啊……！」

眼前的號誌燈號是綠燈，要不要追上他，向他搭話呢？跟他說「真巧啊，剛才北斗才在稱讚你耶」之類的話。

我的心情雀躍起來。太單純了，我為此感到十分開心。然而，我踏出第一步，就沒再踏出第二步了。

號誌燈閃爍，轉為紅燈。

在道路的另一頭，還有一道人影走在藤丸的身邊。那是一道纖瘦高挑，很眼熟的身影。

「………井上。」

藤丸跟井上並肩走著。

兩人聊得火熱，井上時不時露出笑容。他們嘻笑打鬧地輕輕互撞肩膀走著的模樣，就像一對感情要好的情侶。

——我想當新娘。

我回想起之前學生給我看過的，井上傳到社群平臺上的照片。角落拍到的年輕男子的手，是藤丸的嗎？那是什麼時候的事情？已經是一個月前的事情了吧？

他們是什麼時候開始連絡的？是什麼時候開始見面的？為什麼都不跟我說一聲？他們之間是什麼關係？又在一起做些什麼？

「……！」

我抿緊雙唇。許多疑問就像泡沫飄浮而上，破裂後消失。

無意間抬頭一看，展示櫥窗裡的「Balalaika」婚紗，跟井上的身影重疊在一起。

「——過一陣子有一場招待派對。」

藤丸一邊用手背擦去流到下巴的汗水，一邊說道，接著又補上一句「就像是新作婚紗發表會那種東西」的說明。

好像是「Fizz」旗下所有公司共同舉辦，也會有模特兒跟藝人到場的大規模派對。

那一天，結束在澀谷餐廳舉辦的午間相親派對之後，為了替他做晚餐，我跟藤丸正一起走回他的公寓。

現在的時間是下午兩點，是最高氣溫超過三十度的酷暑之日。走在我前方幾步之遙的藤丸身穿白色的POLO衫，他背脊凹陷的地方沁出了一層薄汗。

「來得及嗎？」

我看著他的背影問道，他立刻回了一句「還行啦」。就跟北斗說的一樣，看來他的工作進展得很順利。

第5章

「椿先生也來參加吧，我招待你。」

「但是我沒有合適的衣服……可以去參加派對。」

「那種東西我來準備，而且我也有個想給你看的東西。」

「要給我看什麼？」

「現在講出來就沒有意義了。所以，你會來吧？」

「……呃，那個……不一定。」

說實話，我不是個可以毫無目的地享受那種奢華派對的人。而且我只是個高中老師，對於他的工作不具備相關的知識，就算去了，也只會覺得無聊吧。話雖如此，我也不想隨便拒絕他的邀請，如果能有個不錯的藉口就好了。但我思考了一下，還是沒想到任何好點子，最後給出「我考慮看看」這樣曖昧不清的回應。

「喔，那我來幫你做衣服。」

我碎念了一句「我又沒有說要去」，不過這句話被在我頭上鳴叫著的蟬聲掩蓋過去。

「是說，已經夠了吧？」

藤丸突然這麼說。

「什麼夠了？」

「相親。」

既然招待派對的日期快要到了，就代表藤丸的工作也來到緊鑼密鼓的時期，應該成天忙於開會之類的事務才對。而且他之後可能會頻繁地在媒體上露面，就更不能隨便帶他去參加那種類型的活動也說不定。

如此雖然會毀約，不過理由是工作的話，也有辦法向北斗說明。

「……說得也是呢。」

這麼回應之後，他一臉滿足地說著「對吧」。

我也實在沒有心情繼續參加相親。無論跟哪一位女性交談都沒什麼進展，對話很難延伸下去，最後在投票時也一再交出白紙。

即使如此，我還是像這樣持續去參加派對的原因，也只是想要找個不錯的理由，跟藤丸見面而已。

「……你寫了幾號？」

我這麼問道。藤丸沒有回頭，只說著「現在還需要問這個問題嗎？」，晃著肩膀笑了起來，但我之所以這麼問，只是因為心有不安。

強烈的陽光熨燙著肌膚，汗水讓襯衫衣領溼黏地貼在肌膚上，我時而捏起襯衫，吐出熱氣。在腦海中閃現的，是我一星期前在新宿撞見的，藤丸跟井上兩人在一起時的畫面。

曾幾何時，藤丸說過因為會失去跟我見面的理由，所以會繼續參加相親。但是，他現在卻說「已經夠了」——他是不是已經不需要我了呢？

一邊想著這種事，我默默跟在藤丸身後走著。

幾天前，來參加暑期輔導的學生給我看了井上在社群平臺上發的新貼文。

日期正是我看到藤丸跟井上走在一起的那一天，貼文內容說她買了新的包包，並附上一張照片。她的朋友們看到這則貼文，紛紛說著「是人家買給她的吧」、「看來她的男朋友年紀比我們大」之類的，在本人背後熱烈討論。

稍微查一下，就能發現那個包包是昂貴的名牌包，就算有在打工，也很難想像高中生自己買得起。而且她的家庭也很普通，如果沒有什麼特別的理由，感覺也不會買這樣的東西給她。

所以如果是花錢隨意的藤丸，或許就會很乾脆地買給她。我會這麼想是十分自然的事。

他們或許已經是男女朋友了。

既然如此，我身為井上的班導，是不是該叮囑一下藤丸呢？如果只是想玩玩，希望他放過井上。就算是認真地跟她交往，對方還未滿十八歲，所以應該等到她畢業。

但是，如果他們兩個真的心意相通，做為藤丸的「朋友」，我是不是該對此視而不見呢——

「今天是最後一次煮飯給你吃了吧。」

將一盤滷肉放到桌上時，我這麼說道。接著我聽到穿著「BALALAIKA」的T恤跟一身運動服的藤丸坐到椅子上，誇張地「啊？」了一聲。

「？今天這場派對結束後，我們就不會再去參加相親了吧？」

一開始就是以幫他煮飯做為交換條件，要他跟我一起參加相親的。既然不再參加了，那我也沒理由再來這個家、煮飯給他吃了。

今天一邊放空想事情一邊做出來的這道滷肉，燉了整整四個小時，因此我對這道成品相當有信心。

然而，藤丸吃了一口滷肉後，露出微妙的表情。

「我說……你是不是誤會了什麼？」

「……？」

「我說不再參加相親，是因為往後我們只要想見面，隨時都能見面……我的意思是這個。」

「…………」

——見了面要做什麼？

如果需要有人來煮飯跟整理家裡，去聘請個家管就好了，以他的經濟能力來說負擔得起。但是，他還有跟我見面的必要嗎？

藤丸一臉疑惑地看著反應遲一拍的我。

「……你今天好像一直在發呆耶。」

「……有嗎？」

「怎麼了嗎？」

聽到這個問題，我的表情頓時僵住。不過我很擅長佯裝成平靜的樣子，所以立刻擺出若無其事的表情答道：

「……沒有啊，應該是中暑了吧。」

我怎麼可能說得出口。

我在懷疑他跟井上之間的關係？該不會是將她視為情敵了吧？把她？把一個開朗又有才華，兼具美貌的十七歲少女當成情敵？

太蠢了，這是醜陋的嫉妒心跟占有欲，真是既幼稚又難堪。

我的教誨很有效果，讓藤丸變成了一個好男人。他的工作一帆風順，本來就是異性戀的他會選擇一個年輕貌美的女性也是理所當然的，這完全沒有問題。

更何況我們不是情侶，也沒有婚約關係。無論他在我看不到的地方做了什麼，我都沒有資格責怪他。一邊想著這些，一邊送入口中的滷肉不知為何索然無味。

吃完飯後，我將多餘的菜放到保鮮盒裡，收進冰箱，接著啟動洗衣機，將他家收拾好。為了不打擾到藤丸工作，我沒有把吸塵器拿出來用。將襯衫之類的衣服燙好後，我在末班車之前離開藤丸的公寓，回到位於中野的家中。

在一片寂靜的家裡，我坐上沙發，總算想到一個疑問——我為什麼不跟藤丸打聲招呼，就逃出他家了呢？

這一刻，收在口袋裡的手機響了起來。是藤丸打來的。

『你為什麼回去了？』

按下通話鍵的同時，他口氣強硬地問道。

就算問我為什麼，我自己也搞不懂。為什麼呢？只要跟他說一聲，約好下次見面的時間，來一個晚安吻也好啊。我們的關係應該已經發展到這個階段了，不是嗎？

「啊，不……」

『欸，你感覺真的怪怪的。是我做錯了什麼嗎？』

我伸手按住發疼的太陽穴。

「這……」

只要問問他跟井上的關係就好。他跟井上兩個人做了什麼？是從什麼時候開始連絡的？兩人之間又是什麼關係？他是不是買了包包給她？

還有，他又是怎麼看待我的？

可是……

「真的沒什麼。我想說你在專心工作，不想打擾到你……」

——但我只能說出這種話。

趁著藤丸沉默下來，我隨口扯謊「抱歉，我好像有插播」，就連忙掛掉電話。

「…………」

在沙發上的我苦惱地抱住頭。

時鐘秒針移動的聲音在房間裡靜靜響起，我滿腦子只想著「該怎麼辦？」。

我不禁心想：我得扮演好自己。

我得像至今一樣，連在藤丸面前也得扮演「完美」的自己才行。

為了不被他討厭，必須忍下醜陋的嫉妒，以及幼稚又難堪的占有欲，不能讓他覺得自己是個沉重又麻煩的傢伙。

但是，該在藤丸眼前展現的完美的我，是什麼樣子的？因為在他面前，我一直都能表現出最真實的自己，不需要演繹。事到如今，我究竟該在他面前扮演什麼樣子的我？

「唔……！」

對於這樣的自己，我感到一陣反胃。

這樣就只是在重蹈覆轍。唯獨在藤丸面前，我可以做我自己。我明明是這麼想，才能向前踏出那一步的。

「呼……！」

——快要喘不過氣來了。

我以為自己能夠改變。

但大概是一直扮演某個人的關係，我搞不懂什麼才是真正的自己了。

在藤丸面前的我，是怎樣的「椿」呢？那種感覺變得好遙遠，漸漸看不清了。

＊＊＊

雖然學校放暑假了，老師也沒辦法像學生一樣放那麼多天假。

這段時間除了暑期輔導以外，不用進行一般授課，但當然要上班，還要參加校內跟校外的研習，根本是研習大全餐。

因為我沒有擔任任何社團的顧問，為了不讓其他人認為我在偷懶，我安排了許多計畫，所以行程表立刻就塞滿了。

在這忙碌的日子中，藤丸打了很多通電話來，即使我不接，他也依然學不乖，一直約我去參加派對。面對不斷增加的通知，我不知道要用怎樣的聲音、怎樣的態度跟他說些什麼才好，因此時間在我完全無法回覆的情況下流逝。

明明是自己說過的話，明明是切身明白的事情。

應該要誠實面對「喜歡」對方的這分心意。如果希望對方選擇自己，那麼至少——該做出最大限度的努力。

然而我就這麼默默地置之不理，都到了這種時候，還聲稱自己不是同性戀。難道我又要錯過人生中難以體會到幾次的珍貴戀愛了嗎——

那天，在來上輔導課的學生之間，井上的社群動態再次掀起了話題。最新的貼文照片上是白色蕾絲裙襬，標籤寫著「準備當新娘」。

對我來說，這完全是決定性的一篇貼文。

井上是在藤丸家的工坊內拍下那張照片的。只要看到丟在地板上的那件「BALALAIKA」巡迴演唱會T恤就能得知。

當我看到井上純真的笑容，本來所剩無幾的勇氣就漸漸消弭了。

我至今一直冷落他。這樣的自己，甚至沒有受傷的權利。

我戴上一貫的微笑面具，上完那天的輔導課。當會議及內部研習結束時，我覺得自己的心神消耗得比平常還要嚴重。到了傍晚，工作都完成後，我踩著沉重的步伐走出校舍時，聽見一道平穩柔和的嗓音喊著我的名字。

我抬頭一看，有一臺車停在校門口，北斗從敞開的車窗內探出頭來，我連忙跑到車子旁邊。

「北斗，你怎麼來了？」

「我剛才在附近跟合作廠商開會，想說你應該要下班了，就跑來堵你。」

「車子在這附近停太久的話，會被人懷疑是可疑人物的。尤其我們學校是女子高中，會抓得更嚴格，拜託你不要這樣。」

「啊哈哈，抱歉嘛！」

北斗輕快地笑了笑，催促我道「上車吧，我送你」，於是我坐上了副駕駛座。

我繃起臉，做出面對北斗時的表情。儘管維持這個表情很耗費心神，但老實說，他能送我回去讓我相當感激。因為我筋疲力盡，想馬上倒在床上。

不過，他似乎也不單純是出自好心而跑來這裡堵我。車子開出去沒多久，北斗直接切入正題。

「椿，你有聽蓮說過要辦招待派對的事情嗎？」

就算不這麼問，他應該也知道我的回答。北斗沒有觀察我的反應，繼續說：

「他要我也來邀你參加。」

「……………」

他還是一樣卑鄙，應該是認為北斗開口，我這次就不會拒絕了吧。

即使我現在不再對北斗抱持著戀慕之情，可是被他那雙大眼凝視著問道「你會來吧？」的話，我確實還是會不假思索地說出「當然」。

然而北斗沒有開口邀請我。相對地，他有些顧慮地問：「發生什麼事了嗎？」

「蓮那傢伙說他一直連絡不上你，把氣出在我身上。」

「喔……不，沒什麼啦，只是前陣子跟他起了點爭執。小事啦，沒什麼大不了的，而且我最近也很忙。抱歉，麻煩你了，最近我會找時間跟他……」

我本來要說出「連絡」兩個字，卻說不出口。

我要是答應了北斗，就毫無後路可退了。

「椿，你獨自一個人太久了。」

北斗的聲音帶著嘆息，平靜地說。

我花了幾秒才理解他的意思。聽懂之後，我忍不住驚訝地反問「你說我嗎？」，聲音還不禁拔高了一些。

「椿，你從來沒有對我說過喪氣話。這十四年來，你無論感到苦惱還是不安，都完全沒有對我說過，明明我一直在你的身邊……」

「唔，那是因為，呃……！」

「我沒有要責怪你的意思。朋友之間的相處模式本來就不一樣，而我們的相處模式就是這個樣子。不過知道這樣的椿可以跟那個蓮好好相處，我心裡鬆了一口氣。」

「咦……？」

「蓮很欣賞你，而你也不是會放任蓮那種人不管的類型。我想，蓮就算再怎麼厭惡，應該都不會放你獨自一人……」

「你說得太誇張了，我跟藤丸只是……」

他在我身邊，我也可以感到放鬆。而他的孤獨與笨拙就跟要費心照料的學生一樣，總是讓我放心不下。

認識藤丸之後，我的確就不是孤獨一人了也說不定。

但是，他與我相處的這些時光都是源自於他的主動。

他死纏爛打地打電話來，還利用北斗把我找出來。要他去參加相親活動，就開了為他煮飯的交換條件，讓我們見面的時間一點一點累積起來。這一切的舉動，全都來自他想跟我結婚這種荒唐的念頭。

但我呢？連一個去找他見面的藉口都想不出來。

如果真的喜歡一個人，就要盡全力去追求。唯獨努力這件事，我應該比任何人都還要擅長才對，我卻心生退縮，因為……

「我只是覺得……他不需要我吧……」

聽見自己低喃出口的話，我猛然回神。眼角餘光瞥見北斗握著方向盤的左手顫了一下。

「呃，不是啦，就是……藤丸很厲害，能以想做的事情維生，還做得很成功，他的人格也有所成長了，以後他應該會變得更有名吧。所以，我才想說他應該很忙……現在不應該跟我這種人混在一起。」

「什麼叫你這種人？」

「像我這樣既平凡，又一無所有的人。」

「…………」

「那讓我覺得自己很難堪……」

仗著他對我的好感而自視甚高的自己，事到如今竟然愛上了藤丸，甚至不自量力地嫉妒一個遠比自己年輕又貌美的女生。

就在這時，輪胎發出尖銳的摩擦聲，我的上半身也重重晃了一下。平常開車不會這麼魯莽的他將車子停在路邊。這裡已經是中野車站附近的大馬路上了。

「椿……是蓮那樣說你的嗎？」

「咦？啊……？」

聽到北斗語帶怒意的聲音，我才總算理解自己說了什麼。我連忙抬起頭，就看到北斗皺起他那張端正的臉龐。

「如果是的話，我就必須去痛扁他一頓。」

「不……你誤會了，那傢伙並沒有……！」

藤丸並沒有這麼說。

他列舉出好幾個我的優點，還說我很可愛——能聽到他這麼說，我很開心。

「——……！」

回想起這件事，我的眼底湧上一股熱意。

我連忙轉頭背對北斗。他的大掌撫著我彎下的背，輕輕拍著。

「……抱歉，北斗。最近發生了太多事情，我自己都無法整理好思緒……」

「聽著，椿，你一直都很帥氣喔。從我們認識的那時候開始，一直都是。」

「……哈哈，我們認識的時候，我就像女生一樣嬌小吧。」

畢竟那時候的我身高一百六十公分，體重四十四公斤。

我佯裝平靜，想這樣蒙混過去，然而聲音微弱又顫抖起來，他想必也注意到這點了吧。北斗冷靜地說「是真的」，繼續道：

「那時你的身材確實很嬌小，但你只做對的事情。」

「什……」

「你會去做對的事，而且很有勇氣。所以，為了不愧對身為你摯友的身分，我也想在你面前展現帥氣的一面。」

「你、你在說什麼啊？北斗很帥氣喔，比誰都要帥氣……！」

我忍不住認真回應起他，並抬起臉。只見背對著夕陽的北斗，那雙迷人又溫潤的眼睛正注視著我，然後……

「是啊，無論何時我都會帥氣地面對你的……所以，你儘管放心地依賴我吧。」

他朗聲果斷地說道。

我們之間不是會向對方訴苦、互舔傷口的關係，但我們認識這麼久了，我知道他所說的每一句話，都絕非用來安慰我的謊言，而是真心話。

北斗這分深沉的溫柔，對現在的我來說是劇毒，本來忍住的眼淚就快奪眶而出。然而就在我要淪陷的前一刻——咚！有人從車門外面敲了一下。

「蓮……？」

藤丸臉色十分嚇人地站在車外。我一隔著車窗跟他對上眼，藤丸便打開副駕駛座的門，抓住我的手臂。聽他語氣粗暴地說了一句「快點下來」，我連忙解開安全帶。

「喂，椿、蓮！」

看到藤丸激動地硬將我拉下車，北斗擔心地喊了一聲，卻被藤丸吼道：「這跟真崎先生沒有關係！」

「沒事的，北斗，改天我再好好跟你……」

說明——因為手臂被扯到發疼，我差點向前跌倒，還沒講完，這兩個字便就此

消失。

「你為什麼會在這裡……」

「還問我為什麼……！」

一把我帶進巷弄裡，他就把我的肩膀壓到大樓的外牆上。藤丸怒氣沖沖地吼道：

「你完全不理我，卻跟真崎先生見面？還露出那種表情……！」

我心裡還不知道要怎麼面對藤丸，然而劈頭就被他這麼責怪，甚至補上一句「你還沒有死心嗎？」，我也感到一陣惱怒。

「為、為什麼我非得被你這樣責怪啊？好像我做了對不起你的事情一樣。」

「本來就是吧，你這是出軌！」

「出、出軌……！」

你自己才瞞著我跟井上見面吧。從來沒跟我約過會，卻去跟她約會，還買包包給她，讓她進去家裡。我不知道藤丸對她有多認真，但她都說要當新娘了——！

我有一大堆話想對他一吐為快，但我脫口而出的卻是……

「我們之間沒什麼關係吧……！」

「…………！」

聽到我這麼說，藤丸的一雙大眼睜得更大了。

那對褐色的眼眸因動搖而游移，薄唇輕輕顫動。他在尋找回應的話語，並淺淺吸了一口氣。看到那副表情時，我心想「糟了」，但已經太遲了。

「但也不是什麼關係都沒有吧……」

「……！」

我十分明白。從我們相遇到現在發生的所有事情，就像跑馬燈一樣在腦海裡跑過。我們的關係始於那次不帶情意的性愛，是糟糕透頂的開端，但我們像要從頭來過一樣，漸漸培養起彼此之間的關係。

我為藤丸坦率、笨拙的追求而感到怦然心動，也記得被他緊緊抱住的力道，還有那令人發麻的吻。

待在藤丸身邊最讓我舒坦。他明明完全不是我喜歡的類型，我的心卻傾訴著喜歡他。藤丸讓我忘掉北斗，並奪走了我的心——這些都不是謊言。

但是現在，我無法相信至今發生過的一切。

因為，你偏偏跟我的學生——

「…………給你。」

藤丸沉默了一陣子後，依舊頂著凶狠的表情，將掛在肩上的紙袋推到我胸前。

「這、這是什麼……」

「雖然拿來了……但要怎麼做，你自己決定。」

藤丸像正壓抑著想怒吼的衝動，聲音發顫地說道。接著他垂下視線，沒有多說什麼就轉身離去。

「藤……」

他坐上停在路肩的廂型車，離開了這個地方。

他塞給我的那個紙袋中，放了一個白色的盒子。

打開來，是一張招待派對的邀請卡。在那底下，放著他為我準備的，以藍色的布料製成的格紋三件式西裝。

這設計對我來說太時髦了。但只要穿到身上，想必有模有樣吧。

「嗚…………」

眼淚滴落在那套西裝上。

那個嫌麻煩的藤丸，會幫自己不喜歡的對象做衣服嗎？藤丸遵守著我叮嚀過他的事情，這麼盡心盡力地對我好，我該相信他這分誠意嗎？

太難堪了，我得振作一點。還打算停留在單戀北斗時的自己多久啊？

「…………」

但是，我真的有資格穿上這套西裝嗎？

『今天傍晚，我會去中野附近……之前送你回去的那個地方等你。我想拿東西給你。』

收在包包裡的手機內，收到兩小時前藤丸留下的留言。他的聲音聽起來雀躍又開朗。

『我會一直等著你。』

我明明很開心，但這是為什麼呢？

藤丸變得越來越帥氣，他了解了何謂「喜歡」，知道如何愛人，也讓我怦然心動好幾次。正因如此，我的腦海中更會閃過「他這樣付出的人不是我比較好」的念頭。

一想到愛上高攀不起的人，自己又要度過悲慘地哭到天亮的夜晚，就讓我裹足不前。

像我這樣平凡的男人，就應該要跟至今一樣認真度日，不偷懶地一步步努力。這樣普通的日子很無聊？沒關係，那才是最適合我的。

『我想看到你開心的表情。』

——如果不知道何謂「喜歡」就好了。

戀愛是一段如夢一般的時光。而夢，終究只是一場夢。

＊＊＊

招待派對當天，活動會場位於青山，於下午六點開始。

我那天的行程也是早上替學生上輔導課，下午進行內部研習，傍晚有一場教職員會議。這些事情結束之後，我便在教職員辦公室裡準備九月之後的授課計畫。等到我把授課計畫準備好時，時鐘的指針也已經超過下午六點了。

沒辦法去參加招待派對了吧。

我相信藤丸的心意。但與此同時，我也無法相信。

懷抱著這矛盾的思緒，我無法前進也無法後退，只徒然看著時間一分一秒過去。

今天的派對結束之後，這段戀愛也會像魔法解除一樣告終吧。

我是個平凡的高中老師，藤丸則是嶄露頭角的設計師。我們的世界將再也不會有所交集。

這樣就好。打從一開始，我們就身處在不一樣的世界，就算現在把握住他，我未來究竟還要嫉妒多少次，還要削磨多少精神呢？既然會迎向那樣的未來，我不如繼續過普通的人生。

他送我的西裝，現在依然收在盒子裡。

如果今天不穿，往後也不會有機會穿了，但要我丟掉——我肯定也辦不到。從這場夢境清醒之後，那會成為一段回憶。

我發現自己開始只想著那件事情，猛然回過神來。我似乎還是一樣戀戀不捨。既然不去參加派對，就該專注於眼前的工作才對。

就在我這麼想著，轉向眼前的工作時，有人打開了教職員辦公室的門。

「請問椿老師在嗎？」

「喔，老師在耶。」

我的班上的兩位學生跑了進來，兩人都身穿運動服，似乎正在進行社團活動。她們跑到我的辦公座位旁邊，將手機螢幕拿給我看。

「真凛的動態好像有點奇怪耶。」

「老師你看，這是什麼狀況？她是真的要結婚了嗎？老師，你什麼都沒聽說對吧？」

我暫時不想看到她的社群動態，但總不能無視學生的提問，因此帶著厭煩的心情確認了一下，便看到她在短時間內發布了好幾則貼文。

寬敞的化妝間、掛在牆上的婚紗、白色高跟鞋以及珍珠飾品。簡直就像婚禮前一刻新娘會發布的貼文。

而且將一頭長髮盤起來的井上自拍照背後，可以看到「休息室・井上真凜小姐」的字樣。

另外還有……

「——」

另外這張是在哪裡啊？照片裡的房間內掛著非常多件禮服，環境就像服裝間一樣雜亂，還有一個趴在正中央桌子上的人——正是藤丸。

她附加了這樣的貼文標籤：「無精打采的蓮哥」。

「！」

還來不及多想，我猛然站起身來。

「哇！老師，你怎麼了？」

「啊，沒事……」

那篇貼文是在派對開始之後，大概下午六點過後發布的。

今天藤丸要出席招待派對，既然井上跟他在一起，就代表她也在派對現場。

休息室、婚紗、她說「要當新娘」的發言，還有藤丸說「有想給你看的東西」，死纏爛打地邀請我去參加派對，又有點開心的態度——這一切串連起來後，我發覺自己說不定有個天大的誤會，焦急使我渾身冒出汗水。

向學生道了歉之後，我連忙收拾桌上的東西，衝出教職員辦公室。

我搭上計程車，腳步踉蹌地衝進自己的公寓，打開本來應該變成一段回憶，那個裝著藍色西裝的盒子。

「呼！呼……」

我並不是不曾猶豫，但是，還是必須向前邁進。

我要親眼確認真相，如果真的如我的臆測，就得好好道歉才行，否則——我會比現在更無法喜歡自己。

下定決心後，我換上衣服。藤丸替我準備的西裝，尺寸合身到令人感到害怕，時髦的格紋讓我有些害臊，但我自認為穿起來滿好看的——這是理所當然的吧，畢竟是藤丸做的。現在，他是比誰都了解我的男人。

會場位於青山的一間飯店內，當我抵達時是晚上七點半。

我婉拒門口服務人員提供的飲品，走進場內，看到主舞臺和一面大銀幕。派對上有以立食的形式提供輕食，氣氛熱絡，人數眾多，相當熱鬧。那些賓客明顯都跟我是不同世界的人，讓我感到退縮。

舞臺上，擔任司儀的女性正在介紹「Fizz」提供的婚禮策畫、派對會場以及餐廳。待燈光跟背景音樂切換，剛好進入新系列禮服的發表環節。從側邊螢幕上列出來的節目表來看，距離「Balalaika」的作品發表還有一段時間。

藤丸說不定還在會場內。當我在人群裡鑽來鑽去，尋找有著一頭金髮的人時，突然被人抓住了手臂。

「椿，太好了，你來了啊！」

「北斗！」

我回頭一看，抓住我的是配戴著工作人員名牌的北斗。在陌生環境裡看到認識的人，讓我鬆了一口氣。然而，現在顧不了這些了。

「抱歉，我雖然來了，但完全搞不清楚狀況……」

「不用擔心啦，冷靜點。」

「也是，不好意思。所以說，那個……北斗……」

我抬頭看向他，卻頓時遲疑。

如果要說出口，肯定只有現在了。

「……我可以拜託你一件事嗎？」

聽到我這麼問，北斗睜大雙眼。下一秒，他露出滿臉笑容。

「——當然，我這一生都不會拒絕你的請託。」

北斗立刻拉過我的手，朝標示著「STAFF ONLY」的門前進。

「我有事要找藤丸。還有，我的學生今天是不是在這裡……」

我有些焦急，解釋得支離破碎，北斗卻回問道：「你是指井上真凜嗎？」但我不曾和北斗說過井上的事。

「你怎麼知道？」

「畢竟你有點愛操心，不用擔心啦。」

「？這是什麼意思……？」

走進標示著「STAFF ONLY」的門之後，北斗停下腳步，轉頭看向我。他伸出沒抓著我的那隻手，彈了一下我西裝外套的衣襟。

「椿，你來參加我婚禮的時候穿的西裝，還有今天這套，都是蓮親手做的吧？」

「咦……！」

「我當然知道，畢竟是你，而且我還是跟蓮一起工作的人。」

我們在極近距離下對上眼。那雙溫潤的大眼柔和地瞇起。

「你知道……什麼……」

「『打從一開始』，我就在想是不是『這樣』了……」

「啊？」

「沒差啦。快，過來吧。」

「什麼？北斗，等一下，你這麼說是什麼意思？」

北斗不管因為這段語意不清的對話而陷入混亂的我，逕自向前走去。我們穿過工作人員忙進忙出的後臺，來到等一下要穿上今天新發表的禮服，站上舞臺的模特兒休息室前。

其中一間，就貼著井上的社群貼文中拍到的，寫著「井上真凜小姐」的紙張。

北斗敲了敲那個房間的門，裡頭傳出拉著長音回應「來了～」的聲音，門隨之開啟。

「椿老師，你總算來了！」

「井、井上……」

不同於平常，她的臉上化著自然又柔和的妝。她將一頭長髮盤起，戴著珍珠飾品，身著一件純白的婚紗禮服。

透膚袖子的邊緣繡著花朵的圖樣，迷你裙長度的白色禮服裙襬像棉絮般輕飄飄地搖曳。她當場轉了一圈給我看。

「如何？這件禮服是蓮做的喔！」

帶著一絲害臊的笑容襯托出與她年紀相符的清純。北斗在我耳邊悄聲說：「她的表情很棒喔。」

「今晚她要穿著這身禮服，站上舞臺。」

「所以說……這個意思是……」

「我是模特兒喔！」

井上語氣雀躍地說。

「老師，我之前說過要當新娘對吧！有讓你嚇一跳嗎？那天蓮來問我有沒有意願！我覺得這份工作好像很有趣，而且難得有這個機會……！」

井上確實是個身材高挑、體態優美的美人，說她是模特兒也說得過去。

也就是說，井上不是要成為「藤丸的」新娘，而是「藤丸要」將井上打扮成新娘。

藤丸應該很希望我能來參加，還讓北斗來找我——

「藤丸在那天邀請了妳？」

「對啊，我們在老師洗碗的時候交換了連絡方式。」

「為什麼要瞞著我？」

「咦？因為蓮哥要我保密，說想給老師一個驚喜。」

「藤丸是不是買了一個包包給妳？」

「那、那個啊～算是封口費兼這次的演出費用吧……？」

我全身無力，當場跪倒在地。

只要看到井上睜大雙眼問我「怎麼了嗎？」的表情就能知道，藤丸跟井上之間，絲毫沒有我懷疑的那些關係。

仔細想想，所有事情都說得通。無論條件再怎麼好，藤丸都是個揚言要跟我結婚的奇怪男人，井上本來也是「崇拜椿老師」的樣子，之前甚至表現出半支持我跟藤丸在一起的態度。

他們兩個一起走在新宿街頭的時候，如果是在聊要怎麼嚇我的話，那看起來當然會很開心。

糟透了。我垂頭喪氣地按住開始發疼的太陽穴。

「沒想到會是這個樣子，我還以為……」

「——你以為怎樣？」

「！」

聽見背後傳來的聲音，我依舊癱坐在地上，回頭看去。

藤丸蓮就站在眼前，他的金髮被專業美髮師整理出造型，藍綠色的西裝胸前配戴著一朵胸花，但他大概不是自己打扮成這樣的。

藤丸一如往常地板著一張臭臉，噘起嘴巴俯視著我。他的表情可怕，像在說「你到底都在幹嘛啊？」。

「真崎先生、真凛，我先把椿先生帶走了。」

藤丸說完，就把我拉了起來。看見我們兩人的互動，北斗和藹地笑道：

「在真凛上場之前，你們趕緊和好吧。」

「——也就是說，你以為我出軌了是嗎？」

藤丸用冷漠的目光盯著因為這個問題而陷入沉默的我。

「…………嗯。」

「傻眼，我忙得要死，才沒空做出那種事情。」

他大嘆了口氣，聳了聳肩。聽到他這麼說，我也無話可說。

藤丸的休息室比井上的大了一倍，但大概有一半都塞滿了備用服裝及收納小道具的盒子。

他之所以會找井上來擔任模特兒，單純是看重她的美貌及資質。兩人會一起出去，是為了討論細節，以及徵求她父母的同意。當然，會讓她進到家裡的工坊是為了試穿服裝。

就結果而言，要不是看到井上的社群貼文，我也不會跑來這裡，但藤丸應該也沒料想到她的貼文會讓事情變得這麼複雜。

雖然藤丸知道她有在用社群平臺，但好像不知道她有將一切發布出去。

「……我也該向你道歉，本來只是想嚇嚇你而已，因為你給我看的書上有寫到，要準備適當的驚喜比較好。」

藤丸一屁股坐到摺疊椅上，將雙手抱胸地說：

「總之，我也搞懂你那些無法理解的言行了。」

「…………非常抱歉。」

藤丸撩起好不容易做好造型的頭髮，接著用疲憊不堪的聲音懶懶地開口：

「……欸，椿先生，談戀愛果然很麻煩。」

「…………」

那是我強加在他身上的事情。

我過意不去地垂下雙眼。藤丸沒有錯，是我擅自猜忌，還對他那麼冷漠。

「你太差勁了。」

「抱、抱歉，那個……是我擅自誤會……」

「真是的，我不想再做這種事了。」

「……………！」

休息室內的緊繃氣氛讓我十分焦急，我趕緊向他道歉。然而，藤丸用淡漠的口氣繼續說：

「——所以，我只要談一次『戀愛』就夠了，這些全部都獻給你。」

「咦……？」

「這就是最後一次。」

我因為聽到意料之外的話而抬起頭來，就見到藤丸像在說「這種情話怎麼樣啊？」，盛氣凌人地哼了一聲，一臉自信滿滿的樣子。

「啊…………」

因為忙死了，還很麻煩，所以他就將一輩子的「戀愛」都獻給了我。

他說話總是支離破碎，害我必須花時間拾起他的每一句話，拼湊起來。

他望入我的雙眼，問道：「這樣會很沉重嗎？」

但如果想讓心儀的對象愛上自己，男人至少——該做出最大限度的努力。如果真的喜歡一個人，不想見到那個人被任何人搶走，就必須傾盡全力。這正是我教他的事。

「……不會……這樣剛好。」

這是當然的吧。我總是對自己沒信心，又不坦率，還很愛操心，動不動就會感到不安。而且經過這次的事情，我切身體認到自己的嫉妒心重到令人傻眼的程度。

對這樣的我，賭上一輩子來談戀愛，剛剛好。

「…………」

藤丸起身站到我的面前。他的雙手環過我的腰，將我摟進懷裡。

「藤丸，我……」

「我知道，你今天穿上這套西裝過來了。」

「但我還是得明確地說出來才行……」

我一點也不坦率，但是，我真心認為自己必須誠實面對自己的心意，也該好好回應這個男人的誠意才行。

「藤丸，真的很抱歉。這段時間我真的不知道該如何是好，既沒有相信你的勇氣，也沒有自信，可是，我就是這麼……」

我的內心亂糟糟的，滿腦子都是藤丸，完全無法忘掉他。

我就是這麼……就快瘋掉似的——

「我就是這麼喜歡你……」

我用細微顫抖的聲音說完這句話，原本盤踞在心頭的陰霾漸漸散去。吸進一口氣，我發現自己在不知不覺間可以好好呼吸了。

「唔……」

他的嘴唇湊過來，我連忙伸手擋住那對唇瓣，想要阻止他，藤丸便一臉費解地皺起眉間。

「怎麼，還不行嗎？」

「因、因為……我是你的戀人嗎？」

「什麼？」

我這麼一問，藤丸瞪大雙眼。

「……你要是不明確地說出來……就不行。」

「…………啊。」

我有教過他，必須按部就班地走過每個階段，但藤丸察覺到自己差點跳過其中特別重要的一個階段了。他仰天嘆氣，喃喃地說了聲「抱歉」。

接著他挺直背脊，清了清嗓子之後，鄭重其事地開口：

「椿先生。請你以結婚為前提跟我交往。」

「那太沉重了。」

我馬上回答，就聽見他「嘖」了一聲，但他很快就顫著肩膀笑了一下，讓我瞥見平常看不到的小小虎牙。

「我喜歡你。」

年輕的男高音響起。

他那雙大眼直直地凝視著我，小聲說出說不慣的情話。

但他說得毫無遲疑，應該可以表示他應該已經在內心練習過好幾次了。

「……我會好好珍惜你的，請跟我交往。」

他一字一句鄭重地說出口的話，甜蜜地融入我心中。一股歡喜自腳底湧上，我渾身顫慄，背脊也顫了一下。

「……！」

我本來打算說出「好」，但只有嘴唇動了動，卻不成聲。然而，看他揚起滿足的笑容，我也自然地笑開來。

對彼此傳達愛意，確立了關係，就代表我們是一對戀人了。跟我說「我們之間又沒有什麼關係」的那一天，以及認為自己沒有任何權利干涉他，感到絕望的那一刻不一樣。

「……椿先生，我可以在想你的時候去見你嗎？」

「嗯……」

「你會再煮飯給我吃嗎？」

「你能當個乖孩子的話。」

他「呵」地輕笑一聲，將我的下巴稍微抬高。

「我能當個乖孩子喔，你再好好教我就沒問題。」

他高挺的鼻子輕輕碰了一下我的鼻尖，他歪過頭，嘴唇——終於貼了上來。

「嗯、嗯……」

唇瓣一度分開，又立刻溫柔地交疊觸碰。

他的手攀上我的腰，原本以為會被緊緊擁入懷中，我的腳尖卻突然騰空，整個人被抱起來，放到我身後的桌子上。

「等、等一下！」

「怎樣？」

「……現、現在要在這裡做嗎？」

自己被放倒在桌子上，他還壓上來，當然會讓我感到焦急。然而他像揪著韁繩，用力拉過感到困惑的我的領帶。

「你要我忍住？不可能，我很忙，沒那個時間。」

「唔、嗯……！」

就如他所說，藤丸急躁的吻突然變得粗魯，就連呼吸的時間都不給，他炙熱的舌頭立刻闖入我的口中，強硬地奪走氧氣。他激烈地吻著我時，手敞開我的西裝外套，開始一顆顆地解開襯衫的釦子。

「藤丸，不要……」

「為什麼？」

「在、在這種地方，而且還這麼亮……！」

「不行，你這次要好好看著我。」

我回想起上次跟他上床的時候，是在一片連表情都看不清楚的黑暗之中。

但頭上的日光燈太亮了，再這樣下去，我的醜態會被他一覽無遺——這時，他的手指輕撫在不知所措的我的肌膚上。

「……！」

光是這樣，一股期待就竄上我的背脊，讓我難掩驚訝。

我也對凝視著我的他，這張美麗的臉蛋與我做愛的時候會露出怎樣的表情，產生了興趣。

「你現在的表情超色的。」

「什……！唔、嗯……！」

藤丸的手掌撫上我的胸膛，我弓起身子，他就輕輕啃咬向前挺出的肋骨，並用舌頭舔過，讓我差點就發出聲音。

「果然看清楚一點比較好。」

「呼！不……！」

「你的身體很美，很性感。」

他的聲音因為興奮而拔高了一些。嘴唇沿著我的脖子往上，在耳後吸吮。他動作激烈地揉著平坦的胸膛，忽然捏起胸前的尖端，我忍不住顫了一下。

一想到自己的反應都被他盡收眼底，我的臉頰就熱了起來。我下意識別過頭，並用雙手摀住臉，但他不顧我的反應，發出「啾嚕」的聲音侵犯耳朵，雙唇再次交疊上來。我的雙手被他強行拉開並壓在桌子上，藤丸用那對宛如野獸的銳利目光凝視著我的臉。

「不要別開臉，也不准閉上眼睛。」

「唔……！」

被他觸碰的肌膚帶著熱度，在燈光明亮的房間裡，我能清楚看見自己白皙的胸口慢慢染上淡淡的緋紅。在他的觸碰下，我的身體竟會產生這樣的變化嗎——

「啊！等、等一……」

他撫上我的西裝褲前方，我扭動身子。現在只有西裝外套跟襯衫是敞開的，我的衣服幾乎沒有被脫掉。藤丸也是，他只是把西裝外套脫了，扔去一旁而已。

「不把衣服脫掉的話，會弄髒……！」

「沒關係啦，還有備用的，你別吵。」

「但是……」

「你穿著我做的衣服跟我做愛，感覺就像你屬於我，讓我很興奮。」

他毫不留情地拉開我的西裝褲拉鍊，隔著內褲將腰部蹭上來。我討厭這種教人心焦的刺激而扭動腰部，他就像不准我逃開似的，使勁貼上來，我的腰顫了一下。

我們就這樣緩緩摩蹭著彼此的下體，回應近乎貪婪的吻。舌頭交纏，但他似乎更喜歡蹂躪我的口腔內側。

他甚至對喉嚨那邊感興趣，打算深探進來，因此我痛苦地拍打他的肩膀制止他。這時我回過神來，因為西裝外套滑落到背部的關係，我的上半身除了上手臂以外都被緊緊固定住，幾乎動彈不得。

「嗯、嗯！嗯……啾、呼啊……！」

接近喉嚨的舌根處被輕輕舔過，肌膚便泛起一陣顫慄，像要把成熟果實壓潰的情欲漸漸在腹部深處萌芽。

下體沁出的體液滲出內褲，傳來一陣溼黏的觸感。好害臊，但很快就無法辨別濡溼內褲的水漬是出自哪一個人的了。

「啊、藤丸，我已經……！」

「直接來比較好嗎？」

他一說完，我的內褲就連同西裝褲一起被褪至大腿處。如此一來，腳的動作也受到了限制。我扭動身體，屈起膝蓋勉強反抗，但他整個人跨在我身上，這個動作沒什麼意義。

藤丸很開心地俯視著我，脫下自己的內褲，那硬挺當然也暴露在明亮的燈光下。但他一點也沒有難為情的樣子，只是直盯著我的臉看，享受著我的反應。

「變態……」

「我說過要你好好看著我吧。」

像在故意展現給我看，藤丸將彼此都已經勃起又溼黏的炙熱交疊在一起，他的手緊緊握住。我下意識想逃開，但在這麼堅硬的桌面上，我的身體只像毛毛蟲一樣稍微往上爬去。

「啊！你弄得……太快……！」

「你還是一樣很不死心耶。」

「可是……啊……！」

他不斷搓揉，發出「滋啾」、「咕啾」的聲音。這強烈的刺激讓我撐在桌面上的手一滑。我一弓起身子，他的手臂就伸入我的背與桌子之間的空隙，抱住我的腰，手指靈活地在背脊的凹陷處搔弄。

與此同時，他的舌頭也滑過我的胸部，完全硬挺起來的乳頭被他吸吮，猛然襲來的歡愉浪潮讓我搖著頭。

「～～唔！」

好想逃，卻逃不開，手腳都動彈不得，但強制性的刺激讓我的呼吸變得又燙又急促，下腹部等不及想將熱流釋放出來，一顫一顫地顫抖著。

「我要先射了……！」

藤丸卻迫切地低吟，率先投降。

他的金髮凌亂，額頭也沁出汗水。當我們的視線相接，發出濺出火花般的聲音時，那瞪視著我的銳利目光幾乎教人害怕。他無所畏懼地笑了，說著「你太性感，我受不了了」並揚起嘴角。

「嗯……呼……！」

藤丸緊咬牙關，在我的肚子上射出白濁。

那些液體流過我與其說是鍛鍊過，更像是因為消瘦而浮現的腹肌上方，匯聚在肚臍處。

「天啊，不得了……」

在明亮的日光燈下，身體被凌亂的衣服束縛，躺在堅硬的桌子上。他彷彿要將精液抹在我通紅發燙的消瘦肌膚上似的，用手掌滑過我的肚子。

他若有似無地撫過我脹到幾乎發痛，剛剛被他刻意忽視的性器，我的臉頓時熱了起來。

「這副光景真棒。」

「笨蛋……！欸、我已經……動彈不得了……！」

「好啦。」

他嘴上這麼說，儘管知道我的手動不了，卻先從下面開始脫，真的很壞心眼。他一邊讚揚著「你的腿很美」，一邊替我褪去西裝褲及內褲，但好像沒有要幫我脫掉襪子的意思。明明是個年輕人，癖好卻像個大叔。

我朝他的側腹輕輕踹了一腳，催促他「上面也要」。然而他只是舔過嘴唇，並搖搖頭。

「再讓我放縱一下啦，我完全沒有變軟……」

「啊……？」

縱使剛射過精，他的性器依然硬挺。

興奮讓他的呼吸紊亂，脖子也紅了起來。他伸手抓住我的腳踝，我連忙夾緊重獲自由的膝蓋，這個動作卻不成任何抵抗。

「抱歉，剛才先射了，我會好好負起責任的。」

他開玩笑般地說道，接著就抓著我的膝蓋，將我的雙腳打開。

「唔……呼……！」

大腿因為羞恥而顫抖，我實在無法看著這個畫面就別過了頭。

映入眼角的是緩緩低垂至我胯間的金髮。他的髮絲滑過皮膚單薄的大腿內側，一股帶著熱意的呼吸噴上我依舊被放置不管的硬挺上。

「啊！」

他舔過前端，發出「啾嚕嚕……」的水嘖聲，並含入溫熱的嘴裡。

「啊、啊！不、不行，不行、不行……！」

我想抵抗而掙扎，但只能稍微用手拍打桌子。我一扭著腰想逃開，就會被他使勁抓住到發疼的程度。

他應該絕對沒有做過這種事，真虧他有辦法毫不抗拒地含進嘴裡。舌頭的動作像要壓潰內側的血管，執拗地刺激著凹陷處。我不情願地擺動雙腳，他才鬆口放開我，但相對地用手激烈地上下搓揉，我的身體彈起。

「——啊、我要……嗯……唔！」

大概是因為一直受到挑逗，我很快就迎來了高潮。我的背弓起，腹肌顫動，腳尖緊緊蜷縮起來。我尋找可以抓住的東西，使勁抓住自己的襯衫，咬緊牙關。接著屏息，迎來令我雙腿發軟的解放。

「——唔、啊……！」

俯視在餘韻中粗喘著的我，藤丸心滿意足地親吻我的膝蓋，但那不過是片刻的喘息……

「——……唔！」

下一秒，他抓住我的膝窩一口氣向上抬起，將我的身體彎曲到膝蓋都快碰到胸前了。

「維持這個姿勢，放鬆。」

「你要、幹嘛……！不……！啊、啊……！」

他修長的手指沾著我射出的體液，毫不留情地插入我的後穴，直至指根。那股異樣感令我不禁縮起後穴，卻讓我明顯地感受到他的手指在裡面按壓搓揉。

「唔！呼、唔唔……唔……！」

我曾經一度接納過他的手指，感受不到痛楚。而且他不愧是個老司機，還記得我曾經告訴過他的「敏感點」。

他沒有吊人胃口，用指尖刮搔那柔軟又令人難耐的部位，就算我拚命抑制住聲音，身體還是顫抖著做出了反應。

「好緊，你都沒有自己做嗎？」

「沒、沒有，在那之後真的都……！」

「也就是說，會插入這裡的只有我。」

「——……！」

聽到他說出這句話，我的耳朵發燙。藤丸鑽到我的雙腿之間，在我耳邊「啾」地留下一吻。

「等一下，我的手真的……！」

這麼拜託他之後，藤丸這次總算說著「OK，女王陛下」扶起我的上半身，將西裝外套、背心和襯衫都一件件從手上褪去。我的雙手總算重獲自由。

然而藤丸自己只有打開褲襠而已，衣服幾乎都還穿在身上。

「藤丸……」

這讓我感到很不滿，朝他的脖子伸出了手。我抓住他的領子，命令道「你也脫掉」，他就撩起凌亂的金髮，動作粗魯地脫去襯衫，回應我的要求。

終於觸碰到他的身體，他也同樣熱得發燙。我的雙手從他的胸膛滑到肩膀上，環上他的脖子。

而他硬挺到幾乎要碰到肚子的東西蹭上我的胯間，龜頭在穴口邊緣來回挑逗，讓我難耐地扭起腰。

「啊！快點、快點……！」

回想起第一次跟他上床的那晚，身體就期待得發顫。

那雄壯的東西插入體內，深入開拓我的身體，激烈地擺動腰際，想再次從我的身體深處牽引出當時的那股感覺，那股好似肚子裡被燒灼到糜爛的歡愉。

藤丸在極近的距離下看著我的臉，囂張地問：「想要我插入嗎？」儘管這句話讓我感到火大，但也刺激到不斷盤旋在我體內，感覺就快失控的欲望。到了這一步，我也無從顧及羞恥及面子了。

「想、想要……快點進來……唔……！」

實在有夠廉價又愚蠢的一句話。

但我知道藤丸的眼神大變，他肯定沒想到我會這麼坦率地承認吧，活該。

「唔……你太可愛了。」

他的性器前端總算對準我難耐發疼的後方，頂了進來。

那粗大的前端拓開狹隘的入口，讓我全身上下沁出汗水，他也一樣十分難受，一顆顆汗珠從銳利的下巴滴落我的胸膛。

然而，他一點一點地向內推進，我的心也感覺漸漸被填滿。歡愉控制著身體，抬頭看到他如此拚命的表情，我的內心只湧上憐愛的情緒。

「好緊……！」

貫穿狹窄的地方之後，他的性器摩擦著黏膜，急著探入深處。伴隨「咚」的一道沉重的衝擊，他的腰立刻撞上我的臀部。

「啊、嗯……！唔……！」

喉頭縮緊，我一瞬間忘了呼吸。

一道直覺告訴我——糟了。

硬深入體內的性器直搗深處，可能都深入至肚臍附近了。但與那股痛苦及衝擊相反，盼望已久的性器侵入讓我的腹部掀起熱浪，甜美的酥麻感竄遍了全身。

無關我的意志，黏膜逕自緊夾住他。

明明才剛容許他入侵——但這股歡愉太過頭了，油然而生的危機感讓我抓住藤丸的手臂。

「～～！等等……！」

「我等不了。」

下一秒，他吐出短促又紊亂的氣息，腰部微微向後退。他的前端按壓、剜過我體內入口附近的那個敏感點。我的背脊陣陣發顫，單薄皮膚底下的血液翻騰起來。

「啊、呼……！啊……！」

緩慢又一點一點在深處肆虐的抽插，使我無法闔上嘴巴。儘管口水從嘴角流到下巴，我也沒有餘力能擦去，而藤丸替我舔過我的臉龐。

我已經無法承受更多了，雙腳卻纏上他的腰，將他拉過來。我想要他插到更深處，於是卑鄙地縮緊腹部深處引誘他。

「椿，你好棒……」

他吐出炙熱的氣息，發出一聲感嘆。

藤丸重新抱住我的腳，只是在體內換了個角度，我就高聲發出「啊、啊！」的聲音。我連自己的聲帶都無法控制了。

「怎麼……會……！」

我在混亂中不禁說出這句話。這跟第一次的那一晚截然不同。

那一晚，我應該也意亂情迷到超出分寸了才對。然而，這次不一樣，彷彿神經裸露而出，藤丸磨蹭過的所有地方都會竄過一陣令人清醒的刺激。

就像要從體內的最深處融合在一起似的。

將「喜歡」兩個字說出口，且心意相通。

明明只有這樣的差異，身體交疊在一起後的感受竟然如此不同。

「啊！嗯、嗯……！啊、啊……」

「舒服嗎？」

「嗯！啊！好、好棒！感覺……好熱……！」

肚子裡炙熱無比，只是稍微摩擦一下，腦子就陣陣發麻，舒服到快發瘋了——！

他的腰擺動得越來越快，激烈摩擦的內部像燃燒般地發燙。明明沒有被他觸碰，我的性器卻在不知不覺間勃起，在兩人的身體之間滴下愛液。

「等等、等等……！」

「就跟你說我等不了。」

「藤、藤丸……！嗯、嗯嗯……！」

我勉強把手環到他的背後，緊緊攀附住。當我們的臉湊近彼此，嘴唇就自然地交疊在一起。

腦袋已經熱到發暈，身體也不聽使喚，期盼著就快迎來的歡愉高潮。而我口是心非，自己擺動起腰。

「叫我的名字。」

在親吻的空檔，他用那道男高音懇求似的要求。我抬起溼潤的視線，俯視著我的男人猶如陶瓷娃娃，既可愛，又惹人憐愛。

「蓮……！」

我說出他的名字。

明明只是這樣，我就能感受到他的性器在我體內更加發燙。它拓開緊緊貼合的黏膜，摩擦過去，無論頂到哪裡都十分舒服。

「椿……！」

「蓮……！蓮！」

「我喜歡你……！」

聽到這句低喃，下腹部做出了反應。我感受到自己吸附住他炙熱的體內更緊緊夾住，甚至讓我不禁害怕自己的體內是不是會留下他的形狀。

「啊！啊、唔，啊！」

拍打上來的腰部力道強勁，動作越發激烈，這是即將高潮的前兆。緊緊相擁的滾燙身軀緊繃起來，他咬上我的脖子，幾乎弄痛了我。男人的粗喘聲在我耳邊響起。

「要射、要……射，要射了……！」

像在回應他的興奮，我的腹部深處也翻騰起一股熱度。腦海中閃現一道白色的火花，攀著眼前身體的雙手也加重力道。

「咿、啊……！啊、啊……啊……！」

「——椿……！」

他更加使勁抱緊我，體內深處也傳來一股濡溼的感覺。我也在兩人的腹部之間迎來第二次高潮。

沉浸在這股餘韻中，我們緊緊擁抱著彼此，我聽見他在我耳邊喃喃低語「好喜歡你」，讓我的眼眶泛起淚水。曾覺得輕浮不已的他說出這句「喜歡」，現在竟然如此打動我，激動不已。

「呼！呼啊……！」

「……呼……呼。」

我們的身體依然緊密相連，四目相對。

但再也沒有其他言語，只是如嬉戲般地互相親吻。

「嗯、嗯……」

一旦扭動身體，在腹部深處解放的東西就會被攪動，能聽見「咕啾」這般黏稠的聲音。跟第一次做愛時不同，他沒戴套就直接插入，甚至射在體內……即使如此，深處像是還不滿足地渴求著他，不停收縮。

「椿，我要抽出來了，你別吸得這麼緊。」

「啊！但是，我停不下來……！」

就像在挽留準備退出去的他，後穴緊緊夾起。只要主動擺動腰部，就能感受到他在我體內恢復了一點硬挺，更讓我停不下來。

「不行，我還想要你繼續留在裡面……！」

「唔、椿，你竟然會說這種話……！」

然而，就在這時。

門外傳來「叩叩」的敲門聲，我們頓時愣住，面面相覷。

「——蓮？」

是北斗的聲音。門把「喀嚓」地轉動了一下，我的心臟都差點停止跳動了，幸好門有上鎖。

「唔、啊嗯……」

藤丸急著想抽出來，讓我發出尖細的嬌嗔，他急忙摀住我的嘴巴。

「蓮？再過三十分鐘就輪到你出場了，準備好了嗎？」

「——真、真崎先生，我正在跟椿先生談很重要的事情！」

「既然椿也在，那應該沒問題吧……」

「沒問題！再過三十分鐘對吧，我會準時過去的！」

留下「我知道了，那晚點見」這句回應之後，我們依然面面相覷，靜待皮鞋的跫音漸漸遠去。等到腳步聲漸行漸遠，藤丸重重嘆了一口氣。

他還在我體內就抬起我的一隻腳，讓我往側面倒去。我抱住我的雙腳，猛然深頂進來的性器已經完全勃起了。

「唉——就這樣再做一次吧……」

他以跟剛剛不同的角度強勁地摩擦內部，讓我發出「呀唔！」的怪聲。

「真是的，你不會是聽到真崎先生的聲音，感到興奮了吧？一顫一顫地夾得那麼緊……你知道現在插在裡面的人是誰嗎？」

真是個壞心眼的問題，但我不會再搞錯，也不會再將他當成其他男人了。

「蓮……！」

亢奮讓我的聲音高昂。

我不想離開這個我好不容易留住的男人。我伸手想要抱住，卻被他一把抓住。我們的指尖交錯，貼著彼此的掌心交握在一起。

「蓮……拜託你，快點……！」

「快點……幹嘛？」

「快點動，快蹭進來……」

這麼說完，他罵著「你真的太差勁了」，馬上展開激烈的抽插，並依照我的期待，攪弄最深處。接下來，我只能發出呻吟，隨著他晃動身體。

從遠方傳來的派對背景音樂，還有會場內的廣播。

但是兩人的呼吸聲、衣物摩擦的聲響、身體互相碰撞的聲音，還有他熱情說出的那句「我愛你」，就蓋過了所有的聲音。

第6章

「跟我結婚吧，椿先生。」

我從睡夢中醒來，睜開雙眼的那一秒，近在眼前的男人就這麼說。

「我不要……」

立刻這麼拒絕之後，我轉過身體，背對著蓮。

結果他的手臂環上我的身體，腳也纏了上來，像在撒嬌，又像在鬧脾氣般用剛起床的慵懶嗓音問：「為什麼？」

「你不要小看求婚這件事。日本男人會因為難為情，就像這樣在日常生活中若無其事地求婚，但我認為這樣很不好。」

「啊～你真的很囉唆耶。」

朝陽從窗簾的縫隙間照進來，我伸手將放在枕邊的手機拿過來看，現在是平日的早上六點半，已經到了我該起床的時間。

「欸，椿先生……」

蓮拉過我的肩頭，我轉頭一看，他的臉就近在眼前。他露出甜蜜又性感的眼神，就要親過來。

「不行。剛起床是口腔裡最髒的時候，有很多細菌……」

「你好囉嗦，別再講了。」

他語帶煩躁地說，像要咬上來似的吻過來。我不禁「呵」地輕笑一聲，他的舌頭便鑽了進來。

「嗯、唔，蓮……！」

「再一下。」

「……不行啦，我會遲到。」

我拍掉他伸過來撫弄身體的手，好不容易推開他的下巴，他就一臉不滿地噘起嘴。

那場招待派對結束之後，過了大約一個月。夏季的熱度總算降溫，季節也開始轉為秋天。

不久前邀請蓮來家裡，他就厚臉皮地跟我索取備用鑰匙，後來我實在被吵到受不了就給了他，結果蓮就會在沒有事先連絡的情況下跑來。甚至曾經發生過早上醒來時，發現他不知不覺間鑽進了被窩裡的事情，真的對心臟很不好。

可是只要聽到他說「我好寂寞」、「好想你」就會忍不住縱容他，是我的錯。

我家本來就夠小了，兩個稱不上嬌小的男人窩在裡頭有些擁擠，但這樣確實有種——我們正在交往的感覺。

「啊～好擠好安心。」

「你是在挑釁我嗎……」

我瞥了一眼一直在我的單人床上打滾的蓮，開始準備出門。當我穿上上班常穿的西裝外套時，我才發現床上的他正竊笑地看著我換衣服。

「下次，我想要你穿著上班常穿的樸素衣服跟我做愛。」

「……開什麼玩笑。」

還以為他在想什麼，無聊死了。

我可不想弄髒上班時要穿的衣服，也不想穿著那身衣服去上班，然後在工作時想起放蕩的事。

總算從床上起身的蓮繞到我的背後，我被他從背後緊緊抱住，伸到前面來的手動作情色地隔著西裝外套，撫摸我的胸部。他的鼻尖蹭上我的耳後，輕輕咬著耳垂，用帶著情欲的聲音說：

「『老師』，你昨晚太色情了。」

「……我沒有男學生。」

「那我扮女裝就可以了嗎？」

「說什麼蠢話。」

真要說起來，蓮的臉蛋還算中性，我想像到女裝似乎莫名適合他後，更覺得別開這種玩笑比較好。

「我是同性戀，你就算穿上女裝跟我調情，我也不會感到興奮。」

我推開那張死纏爛打貼上來的臉，蓮就不知為何傻傻笑了笑，這才放開我的身體。

「我要去學校了，早餐在桌子上。還有，啊……鑰匙，你應該有帶鑰匙吧。你之前說過今天中午要開會吧？出門的時候記得鎖門——」

「是是是。」

「『是』說一次就好！」

既然決定要跟我交往，我就不容許他只顧著跑來找我，都不管工作。把一天到晚想找藉口窩在我家的傢伙趕出門，也是身為戀人該做的事。

我一把抓起包包，急忙走向玄關。當我把腳伸進皮鞋裡時，來送行的蓮開口說：

「所以呢？」

「所以什麼？」

「你什麼時候要把這裡退租，搬到我家來？」

「我這個人秉持著婚前不同居主義。」

「都什麼年代了，也太古板了。」

「事到如今，你還在說這種話啊。快去穿衣服啦。」

我一邊說著，一邊伸手握住門把。不過，我突然想到什麼，回頭看向他。

他睜圓雙眼說著「幹嘛？」，我便把手放上他的肩膀，踮起腳尖在他的唇上落下一吻。

「……我走了。」

「路上……小……心……」

這也不是第一次在出門前吻他了，但他還是每次都會紅著臉僵在原地，原來這個囂張的男人也有可愛的一面。

我對這樣的他「哈哈！」地笑了一聲之後，走出公寓。

「蓮哥說會幫我介紹模特兒的經紀公司。」

進行雙方面談時，井上真凜的手放在桌上，撐著臉頰說道。

井上決定繼續升學，但好像是蓮促成她跟父母討論未來出路的契機。

『——我有個條件。』

讓井上這個外行人擔任模特兒時，蓮對她開出交換條件，似乎是——

『妳要認真填寫好出路志願表，交出去。跟爸媽好好討論，如果能考上大學就去讀。如果想知道我這個國中畢業的人嘗過多少苦頭，我隨時都能說給妳聽。』

蓮的這番威脅似乎非常有效，讓她採取了行動。不止如此……

「而且啊，走紅時有高學歷背景，感覺就很帥氣吧。」

她天真無邪地這麼說，甚至還跑來找我討論，想提高報考的大學門檻。太可惡了。

「老師，你覺得我能成為模特兒嗎？」

面談結束之後，井上這麼問道。

不久前，她還有些不負責任地說自己找不到想做的事，現在能看到她露出這麼開朗的表情，我感到很開心。

招待派對那天，我看到站上舞臺的井上，跟現在這樣毫無防備、雙腳開開地坐著的她簡直判若兩人。

那天發表的「Balalaika」新系列，是針對二十幾歲的年輕新娘所做的禮服。聽到頂著一頭金髮又打扮高調的蓮，在舞臺上對著麥克風宣布設計主題為「初戀」時，我真是服了他。

在所有站上舞臺的模特兒中，我之所以會覺得井上看起來特別亮眼，或許是因為她跟這個設計主題很契合，也有可能是身為班導的偏心。

「妳已經是個很出色的模特兒了啊，那天非常漂亮喔。」

我如實說出自己的感想之後，井上睜大雙眼，接著又厭惡地皺起鼻子。

「老師你啊，就是會自然地表現出這一面。」

「……嗯？」

「蓮好可憐，情敵太多了，一定會很辛苦。我得替他加油打氣才行。」

我覺得應該要吐槽她一句「妳是在說什麼」，但總覺得這是在自找麻煩，於是默不作聲。

當我們一起走出教室時，井上說「這麼說起來」，像想起什麼似的開口：

「關於新成立的料理社，我提出申請時，顧問是寫椿老師，所以往後請多指教！」

「啊？妳不是要去當模特兒嗎？」

「這是兩碼子事！我只是跟其他人稍微聊到這件事，就吸引到一大批老師的粉絲了，你已經逃不掉囉！」

在蓮的策畫下，井上做為模特兒出道的這件事為她造成很大的影響。

井上穿著禮服的照片也被刊登在網路新聞上，其他學生看到那篇新聞後，她在校內就成了更勝以往的風雲人物。召集料理社的社員也是輕而易舉。

擔任社團顧問很麻煩，老實說，我沒有很想答應。然而受到自己的學生這樣信賴及仰慕，沒有任何老師會覺得不高興。

「我可是很嚴格的喔。」

聽到我伴隨嘆息地這麼回答之後，井上「呀哈哈！」地輕聲笑了。

既然決定要擔任顧問，就要做到完美。於是我下定決心，下班離開學校之後，就去買本現在流行的食譜書，做好事前調查。

那天，我順路去了一趟書店之後回到家，發現蓮不在家裡，我的床上卻放著一個大盒子。

上頭貼著對折起來的便條紙，以意外漂亮的字跡寫著「給椿先生」。

盒子一打開，裡面果然放著一套西裝。

雖然是千鳥紋的布料，但整體是深色系的，散發著成熟的氣息，內裡卻是花俏的紅色緞面布。

真是的，送我這種衣服，究竟要我穿去哪裡啊？

「啊……」

打開便條紙之後，裡面寫著要我穿著這套西裝，在哪一天去哪個地方。然後我看到那個日期時，十分驚訝。

他指定的那一天，是我三十歲的生日。

＊＊＊

我穿著那套西裝，要前往他指定的會合地點時，蓮立刻就搭著計程車現身。我上車之後他也沒說要去哪裡，車子就此駛離。

蓮難得穿著一身黑色西裝，身上沒有配戴花俏的裝飾品。不但身著筆挺的襯衫，皮鞋也是普通的顏色。

「……現在是要去聽古典音樂會嗎？」

「我為什麼要跟你去聽古典樂？去參加那種音樂會肯定會睡著啊。」

蓮聳了聳肩，說著「你也是吧」。

雖然沒有去過，但應該會睡著吧。我們的個性天差地別，但唯獨對音樂的喜好完全一致。我點了點頭，他便揚起薄唇，笑了起來。

他帶我來到位於東京都內，一間飯店裡的法式餐廳。

蓮是個花錢很隨便的男人。對他來說，只要有那個意願，或許能常來這種地方，但像我這種普通老百姓，就算要慶生，這裡也太過高檔了。

我雖然感到退縮，但還是表現出愛面子的性格，裝出一副滿不在乎的樣子。直到踏入店內，我還能勉強撐住這種態度，但我們偏偏被帶到靠窗的座位，一看到東京的夜景時，我還是因為十分在意周遭的目光而僵住了臉，冒出冷汗。

就只有我們這桌坐著兩個男人，我能感受到其他客人偷看我們的視線，坐立難安。

但我總不能糟蹋蓮想替我慶生的心意。於是我抿緊雙唇，將視野侷限在夜景跟蓮的身上。

服務生很快就過來向我們介紹菜單，但我完全無法插嘴，蓮順暢地點完了所有的餐點，他肯定事先做足了調查。明明平常很隨便，卻會像這樣在我面前表現出帥氣的一面，讓我單純地感到很開心。

菜餚一盤接著一盤送上來，每一道都是我至今不曾吃過的豪華料理。儘管困惑，我仍一一享用。

我喜歡下廚，但會做的也都是家常菜。雖然沒辦法做出這樣的品質，不過我改天也來做個講究一點的東西好了。想著這些事情，我細細品嘗著料理。

蓮心情很好地盯著我的臉看，那副感覺別有深意的笑容，讓我有股難以言喻的心情。

「……」

這麼說來，他並沒有說要替我慶生。應該是要……慶生沒錯吧？

在這種狀況下，到底要用什麼方式，問他什麼才好？我還在為此苦惱不已時，甜點就被端上桌。

與此同時，服務生遞給我一束大到令人傻眼的鮮紅色薔薇花束，讓我頓時愣住。

「什……咦……？」

我不明所以地接過花束，並看向蓮，只見他的嘴角揚起無所畏懼的笑容。

當然，這麼一大把花束從旁經過，其他客人的目光也看向我們。我知道自己的臉色此時肯定十分蒼白。

「椿先生。」

「呃，是……」

「請跟我結婚！」

「～～唔！」

蓮聲音宏亮地說完，立刻在我面前拿出一個戒指盒。

戒指盒隨著一道清脆的聲音打開，裡面放著一只大到令人傻眼的鑽戒，頓時讓我覺得眼前一暗。

在能看見美麗夜景的高級飯店餐廳裡求婚，確實是萬年不敗。不過在我借他的戀愛指南書中有寫，結婚戒指各有所好，與其擅自決定，跟對方一起去挑選會比較好——不，不過，即使如此……

看到我僵住的表情，蓮一臉費解地問出「還是你覺得搭直升機，或是搭遊艇遊東京灣比較好？」這種荒唐的問題。

「〜〜你、你到底……在想些什麼……！」

在其他客人投來的視線，與店內工作人員的和藹笑容包圍下，我的胃抽痛起來。我把臉湊過去，悄聲地怒罵他一句，他卻泰然自若地說：

「我只是照著書上，還有你教我的去做而已。誠實地踏過每一道該經歷的過程。」

「什……！」

「我們交往得很順利。既然你說結婚前不能同居，那下一個階段就是求婚了，對吧？生日是最好的時機點。書上還有寫，如果對方的年紀是二十幾、快三十歲，最好早點做出決定。」

「〜〜唔！」

「……那麼，椿先生，我應該都有確實做到吧。」

他的手撐在桌子上，拄著臉頰，看著頓時語塞的我，頂著要我稱讚他的滿面笑容說：

「接下來，終於就是結婚了。」

聽到他心滿意足地說出這句話，我感到一陣暈眩。

一大束薔薇飄散出花香。放在戒指盒裡的鑽戒，大概有一克拉以上，這是花了多少錢啊？他打算怎麼做？要我戴上那個大到令人傻眼的戒指嗎？

真是太扯了，我無法理解——不，我其實心知肚明。

藤丸蓮。

他本來就是個會接連對初次見面的女性求婚、膽識過人的男人，甚至有辦法若無其事地在眾目睽睽之下，對一個男人求婚。

「樓上的房間我也訂好了。」

「～～你這種地方真的不行！」

我按著發疼的太陽穴這麼說道，蓮就滿不在乎地露出尖尖的虎牙笑了。

那抹純粹的笑容，完全不見他平常冷漠又不爽的態度。

——《誰想和你結婚啊！》全文完

後記

各位讀者你們好，又或是初次見面。我是千地イチ。

這次的「相親」是我一直很想寫看看，讓身處截然不同環境的兩人相遇的一種手段。還有，在故事一開始就加入色色的橋段，也是我一直很想寫寫看的故事編排方式之一（笑）。

主角椿是個出社會後就努力埋頭工作，一直沒有新的邂逅，就這麼平淡度日的平凡教師。個性認真又努力，但或許是缺乏成功的經歷，他的自我肯定感很薄弱，而且相當頑固。

回頭想想，儘管平凡，他也是個滿棘手的角色，正因為如此，他的對象藤丸必須具備足以讓這樣的椿敞開心胸的充沛活力，真是培養出了一個更加棘手的男朋友。

兩人的個性雖然完全相反，興趣卻很合得來，能碰撞出漂亮的火花。更不用說一個愛撒嬌、另一個很會照顧人，兩人還在某方面都抱持著孤獨感，想必往後也是一對能緊緊綁住彼此，互相扶持而且感情很好的佳侶吧。

我比較擔心不會顧及他人眼光的藤丸，可能會替周遭的人（以及椿？）帶來困擾。

最後，要感謝本作的責任編輯。我寫得太慢等等，造成了許多麻煩，編輯卻還是相當細心地應對及指導，真的非常感謝。

yoco老師，謝謝您畫出如此精美的封面及插圖。這兩個人都滿難搞的，但在老師筆下變得相當可愛，我非常開心！

還有購買本作的各位讀者，我在此至上由衷的謝意。希望各位看得盡興。

千地イチ

高寶書版集團
gobooks.com.tw

CRS035
誰想和你結婚啊！
誰がお前なんかと結婚するか！

作　　者　千地イチ
封面繪圖　yoco
譯　　者　黛西
編　　輯　王念恩
美術編輯　林鈞儀
排　　版　彭立瑋
企　　劃　黃子晏

發 行 人　朱凱蕾
出　　版　朧月書版股份有限公司
　　　　　Hazy Moon Publishing Co., Ltd.
地　　址　臺北市內湖區洲子街 88 號 3 樓
網　　址　www.gobooks.com.tw
電　　話　(02) 27992788
電　　郵　readers@gobooks.com.tw（讀者服務部）
傳　　真　出版部　(02) 27990909　行銷部 (02) 27993088
郵政劃撥　19394552
戶　　名　英屬維京群島商高寶國際有限公司臺灣分公司
發　　行　英屬維京群島商高寶國際有限公司臺灣分公司 / Printed in Taiwan
　　　　　Global Group Holdings, Ltd.
初版日期　2023 年 11 月

國家圖書館出版品預行編目 (CIP) 資料

誰想和你結婚啊！ / 千地イチ作 ; 黛西譯 . -- 初版 . --
臺北市 : 朧月書版股份有限公司出版 : 英屬維京群島商高寶國際有限公司台灣分公司發行 , 2023.11
面 ;　公分 . --

譯自 : 誰がお前なんかと結婚するか！

ISBN 978-626-7362-11-2 (平裝)

861.57　　112015266

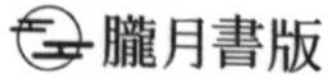